पराशरकृतं कृषिशास्त्रम्

कृषि-पाराशर:

सम्पादकोऽनुवादकश्च

प्रो. रामचन्द्रपाण्डेय:

ज्योतिषविभागाध्यक्ष:

काशीहिन्दूविश्वविद्यालय:

मोतीलाल बनारसीदास

दिल्ली, मुम्बई, चेन्नई, कोलकाता, बंगलौर,

वाराणसी, पुणे, पटना

प्रथम संस्करण : २००२

मोतीलाल बनारसीदास
४१ यू०ए० बंगलो रोड, जवाहर नगर, दिल्ली ११० ००७
८ महालक्ष्मी चैम्बर, २२ भुलाभाई देसाई रोड, मुम्बई ४०० ०२६
२३६ नाइंथ मेन III ब्लाक, जयनगर, बंगलौर ५६० ०११
सनाज प्लाजा, १३०२ बाजीराव रोड, पुणे ४११ ००२
१२० रायपेट्टा हाई रोड, मैलापुर, चेन्नई ६०० ००४
८ केमेक स्ट्रीट, कोलकाता ७०० ०१७
अशोक राजपथ, पटना ८०० ००४
चौक, वाराणसी २२१ ००१

मूल्य : रु० ३०

नरेन्द्रप्रकाश जैन, मोतीलाल बनारसीदास, बंगलो रोड, दिल्ली ११० ००७
द्वारा प्रकाशित तथा जैनेन्द्रप्रकाश जैन, श्री जैनेन्द्र प्रेस,
ए-४५ नारायणा, फेज-१, नई दिल्ली ११० ०२८ द्वारा मुद्रित

विषय-सूची

पुरोवाक्

"भारत कृषि प्रधान देश है" इस उक्ति से प्रायः सभी जन चिरपरिचित हैं, किन्तु भारत में सुविचारित "कृषिशास्त्र" है इससे सम्भवतः अल्प लोग ही परिचित होंगे। यह निर्विवाद सत्य है कि भारत ने कृषि कर्म को महत्व देकर अधिकाधिक अन्न उत्पन्न करने की प्रक्रिया को विकसित किया तथा अन्न के महत्व को प्रतिपादित किया। महर्षि पराशर ने तो स्पष्ट शब्दों में कहा कि किसी के हाथ-कान-गले आदि अंगों में स्वर्ण आभूषण भले ही पड़े हों किन्तु अन्न के अभाव में उन्हें भी उपवास ही करना पड़ेगा। स्वर्ण रत्न किसी की क्षुधा शान्त करने में सक्षम नहीं है। क्षुधा की शान्ति एक मात्र अन्न से ही होती है।[१] अतः अन्न को उपजाने वाले कार्य अर्थात् कृषि कर्म को ही करना आवश्यक है। यह सार्वकालिक एवं सार्वभौम सत्य है। किसी भी भूभाग में अन्न की उपेक्षा नहीं की गई है। भारत ने तो अन्न को उपजाने के साथ साथ इसके उपयोग पर भी अनुसन्धान किया तथा विभिन्न स्वाद के व्यञ्जनों का भी आविष्कार किया। भारतीय श्रद्धालुजन अपने इष्टदेव को छप्पन प्रकार के व्यञ्जन अर्पित कर आनन्दित होते हैं। इतना अधिक स्वादुपरक व्यञ्जनों का निर्माण भारत से बाहर दुर्लभ ही है। भारतीय जनमानस की शाकाहारी प्रवृत्ति अन्नों के उत्पादन एवं उनके विविध व्यञ्जनों के निर्माण की प्रेरक रही है। जहाँ अन्न के उपयोग एवं व्यवहार की महत्ता होती है वहाँ उसके अधिकाधिक उत्पादन एवं संरक्षण सम्बन्धी चिन्ता स्वाभाविक है।

आचार्य वराह मिहिर ने कृषि और वृष्टि दोनों के वैज्ञानिक पक्षों पर विशेष बल दिया है। कृषि के लिए अत्यावश्यक वृष्टि को मानते हुये उसके पूर्वज्ञान के लिए अनेक पक्ष प्रस्तुत किये हैं।[२] इसी प्रकार कृषि क्षेत्र में गुणवत्ता को इंगित करते हुए अनेक प्रयोगों का उल्लेख किया है जिससे फल देने वाले वृक्षों के शीघ्र विकास तथा उनमें होने वाले रोगों के निवारण पर भी प्रकाश डाला है। उदाहरणार्थ कुछ अंश यहाँ भी प्रस्तुत हैं–

---

१. कृषि पाराशर - ५

२. द्र. बृहत्संहिता, पृ. १५४-१८८

मृद्वी भूः सर्ववृक्षाणां हिता तस्यां तिलान् वपेत्।
पुष्पितांस्तांश्च मृद्गीयात् कर्मैतत् प्रथमं भुवः।।[१]

अर्थात् वृक्षारोपण से पूर्व (बाग लगाने के पूर्व) मिट्टी को कोमल बना कर उसमें तिल बो दें। तिल उग कर जब फूल लेने लग जाय तो उसे उसी स्थान पर मसल कर मिट्टी में मिला दें। यह बाग लगाने की पूर्व कर्त्तव्यता है। इस प्रकार की भूमि में लगाया हुआ वृक्ष शीघ्र उगता है तथा पुष्ट वृक्ष होकर शीघ्र ही फल देने योग्य होता है। वृक्षारोपण में कई प्रकार की सावधानियों एवं नियमों का उल्लेख किया गया है उन सबकी चर्चा न करते हुए केवल एक दूसरे में कितना अन्तर रखना चाहिये इसका प्रमाण प्रस्तुत कर रहा हूँ आचार्य वराहमिहिर के अुनसार–

उत्तमं विंशतिर्हस्ता मध्यमं षोडशान्तरम्।
स्थानात् स्थानान्तरं कार्यं वृक्षाणां द्वादशावरम्।।

एक वृक्ष से दूसरे वृक्ष की दूरी २० हाथ उत्तम तथा १६ हाथ मध्यम होती है। इससे न्यून दूरी अधम मानी गई है।

समीपस्थ वृक्ष एक दूसरे को पीडित करते हैं अतः ऐसा ध्यान रखना चाहिये कि एक वृक्ष दूसरे का स्पर्श न करे। परस्पर सटे हुए या स्पर्श करते हुए वृक्षों के फल देने की क्षमता भी प्रभावित होती है जैसा कि वराहमिहिर ने निर्देश किया है–

अभ्यासजातास्तरवः संस्पृशन्तिः परस्परम्।
मिश्रैर्मूलैश्च न फलं सम्यग्यच्छन्ति पीडिताः।।

ऋतुओं में परिवर्तन होने एवं अधिक शीत-आतप के आधिक्य से वृक्षों में रोग भी उत्पन्न होने लगते हैं। परिणामतः पत्तों में पीलापन आना, शाखाओं का शुष्क होना आदि दुर्निमित्त दीखने लगते हैं। ऐसी स्थिति में उन वृक्षों की तत्काल चिकित्सा करनी चाहिये। चिकित्सा पद्धति को 'वृक्षायुर्वेद' संज्ञा दी गई है। रोगग्रस्त वृक्ष की चिकित्सा प्रसंग में लिखा है कि वृक्ष के जिस अंग में रोग लक्षित हों उन्हें तत्काल शस्त्र से काट दें तथा कटे भाग पर वायविडङ्ग, घी और कीचड़ को एक में मिलाकर लेप करें तथा दूध और जल मिलाकर वृक्ष का सेचन करें यथा–

चिकित्सितमथैतेषां शस्त्रेणादौ विशोधनम्।।
विडङ्गघृतपङ्काक्तान् सेचयेत् क्षीरवारिणा।।

कृषि कर्म में अन्नों की उत्पत्ति का सम्बन्ध ग्रहस्थिति के साथ दिखलाते हुए प्रत्येक ऋतु में होने वाले अन्नों के वपन के समय ग्रहस्थिति का भी विवेचन

१. द्र. बृहत्संहिता, पृ. ३७५ श्लो. २

किया गया है। ग्रहस्थिति के आधार पर उपज की न्यूनाधिकता का भी अनुमान ग्रहों द्वारा लगाया जा सकता है।

इस प्रकार प्राचीन शास्त्र अन्न उत्पादन के साथ फल उत्पादन के प्रति भी पूर्णतः जागरूक रहे हैं। लगभग कृषि से सम्बन्धित सभी पक्षों पर गहन विचार किया गया है।

प्रस्तुत ग्रन्थ कृषि पराशर में विशेष रूप से उत्पादन, संरक्षण, बीजसंरक्षण खेतों में होने वाले उत्पात, पौधों में होने वाले रोग, उनकी चिकित्सा, कृषि के उपकरण आदि समस्त विषयों को सार रूप में प्रस्तुत किया गया है।

कृषि पराशर के आरम्भ में कृषि के लिए वृष्टि को अत्यन्त आवश्यक बतलाते हुए केवल एक मास (पौष) की वायु की दिशा और गति के आधार पर पूरे वर्ष में होने वाली वृष्टि का अनुमान करने की अद्भुत विधि दी गई है।

प्रसङ्गात यहाँ उद्धृत कर देना आवश्यक समझता हूँ कि सन् १९६६-६७ में मैंने पराशरोक्त विधि से वायु का निरीक्षण तथा उसके आधार पर वृष्टि का अनुमान करने का प्रयोग काशी नरेश स्व. डॉ. विभूतिनारायण सिंह जी के निर्देश पर किया था। इस कार्य में सम्पूर्णानन्द संस्कृत विश्वविद्यालय के प्राध्यापक डॉ. धुनीराम राम त्रिपाठी ने अत्यधिक उत्साह दिखलाते हुये मेरा मार्गदर्शन किया। इतना ही नहीं आदरणीय डॉ. त्रिपाठी ने विश्वविद्यालय की छत पर टेण्ट लगाकर रात्रि कालीन वायु का समयानुसार (प्रति घण्टे की) वायु का अङ्कन भी किया। इस कार्य को मैंने रामनगर चौक स्थित महाराजा साहब के भवन (जो डॉ. आनन्दस्वरूप गुप्त जी का आवास था) पर सम्पन्न किया था। दोनों स्थानों के वायु विवरण की हम लोगों ने समीक्षा की तथा उसके आधार पर पूरे वर्ष की वृष्टि का निर्देश करते हुए एक तालिका बनाई गई। उस तालिका से प्रतिदिन की आकाशीय स्थिति, वृष्टि, अनावृष्टि आदि का परीक्षण किया गया। परिणामं अत्यन्त सन्तोषजनक रहा। लगभग एक ही विधि वायु परीक्षण से ही वार्षिक वृष्टि का आकलन उस व्रर्ष ७६% प्रतिशत सत्य रहा। इस आधार पर मैंने आगे भी प्रयोग करना चाहा तथा वृष्टि ज्ञान के अन्य साधनों पर कार्य करना चाहा किन्तु कालगति ने इसे मानस में ही स्थित रहने दिया।

प्रस्तुत ग्रन्थ के सम्पादन से मन में सन्तोष है कि पाठकगणों में से कोई उत्साही अनुसन्धाता इस अवरुद्ध अनुसन्धान को आगे बढ़ायेगा। मुझे पूर्ण विश्वास है कि प्राचीन भारतीय विद्या वृष्टिज्ञान तथा कृषि सम्बन्धी अनेक महत्वपूर्ण सूचनाओं एवं विधियों से भरी है। आवश्यकता है उसे ढूँढ़ने तथा प्रयोग करने की।

आधुनिक विज्ञान ने कृषि को अनेक दृष्टियों से पर्याप्त विकसित किया है फिर भी अहर्निश प्रयत्नशील है अधिकाधिक विकास के लिए। वृष्टि के क्षेत्र में भी विज्ञान ने पर्याप्त प्रगति की है किन्तु सद्यो वृष्टि की ही सूचना आधुनिक विज्ञान से प्राप्त हो पाती है जो कृषि की दृष्टि से पर्याप्त नहीं है। वृष्टि की यदि पूर्व सूचना रहती है तो कृषि कर्म को व्यवस्थित करने हेतु अवसर मिल जाता है। केवल २४-३६ घण्टों की पूर्व सूचना कृषक के लिए अधिक उपादेय नहीं हो पाती।

वृष्टि की पूर्व सूचना अथवा वार्षिक वृष्टि की रूप रेखा यदि वर्ष के आरम्भ में ज्ञात हो जाय तो उसी के अनुसार कृषि की योजना अधिक लाभप्रद सिद्ध हो सकती है। इसीलिए तो पराशर ने पर्याप्त बल देकर कहा कि–

वृष्टिमूला कृषिः सर्वा वृष्टिमूलं च जीवनम्।
तस्मादादौ प्रयत्नेन वृष्टिज्ञानं समाचरेत्।।

भारतीय ज्योतिष शास्त्र में कृषि और वृष्टि दोनों को समान महत्व दिया गया है। क्योंकि कृषि पर जीवन आधारित है तथा वृष्टि पर कृषि आधारित है। अतः कृषक को दोनों के प्रति सचेष्ट और सावधान रहना आवश्यक है।

आधुनिक विज्ञान प्राचीन विधियों का अपने ढंग से प्रयोग कर इन प्राचीन पद्धतियों की गुणवत्ता का आकलन कर सकता है तथा उनका उपयोग भी सरल ढंग से कर सकता है। आशा है आधुनिक कृषि वैज्ञानिक महर्षि पराशर के सिद्धान्तों का अनुशीलन करेंगे तथा उनकी गुणवत्ता एवं उपयोगिता को भी प्रकाश में लानेका प्रयास करेंगे। यदि यह सम्भव हो सका तो मेरा यह प्रयास अत्यन्त सार्थक होगा।

– रामचन्द्र पाण्डेय

❋ ❋ ❋

अवतरणिका

विद्यावधूनिधुवनोद्गत-मानसश्रीः,
वाग्देवताविलसनोल्लसितानन्श्रीः।
संविद्-विकास विकसन् नवचेतनश्रीः,
श्रेयस्तनोतु सततं मम रञ्जितश्रीः।।

पृथ्वी पर रहने वाले सभी चर-अचर प्राणी अपने जीवन यापन हेतु किसी न किसी रूप में पृथ्वी पर ही आश्रित है। इनमें सर्वश्रेष्ठ प्रतिभासम्पन्न प्राणी मनुष्य अपने लिए अनेक प्रकार के आहार पृथ्वी से प्राप्त करने का प्रयास निरन्तर करता रहता है। अन्य जीवों के लिए प्रकृति साधन संग्रह करती है किन्तु मनुष्य अपने प्रयास से तथा प्रकृति के सहयोग से आहार की व्यवस्था करता है। मानव जाति की आहार की आवश्यकता ही कृषि का मूल है। विविध व्यञ्जनों के लिए विविध प्रकार के अन्नों एवं फलों का उत्पादन प्रयासपूर्वक मनुष्य करता है। मनुष्य की आवश्यकतायें कृषि कर्म को विकसित करने के लिए प्रेरित करती ही रहती है। परिणागतः गानवीय विकास के साथ-साथ कृषि का भी विकास निरन्तर हो रहा है। यद्यपि आज कृषि-विज्ञान अति उन्नत अवस्था में है। पुरानी व्यवस्थायें आज उतनी उपयोगी नहीं रह गई है फिर भी उनका ज्ञान आज भी अनुसन्धान के क्षेत्र में दिशानिर्देश कर सकता है। यथा- प्राचीन विधि से उत्पन्न की गई खाद की गुणवत्ता पर आधुनिक विधि से किया गया प्रयोग भी अपनी मुहर लगा दिया है। इसी प्रकार अनेक विन्दु ऐसे हैं जहाँ कृषि वैज्ञानिकों की दृष्टि पड़ सकती है और वे उसका आधुनिक परिवेश में भी समुचित एवं लाभकारी उपयोग विधि ढूंढ सकते हैं। इन्हीं विचारों ने मुझे प्रेरित किया कि विलुप्त हो रहे भारतीय कृषि शास्त्र को पुनः प्रकाश में लायें। इस शास्त्र का कृषि क्षेत्र में व्यावहारिक अल्प किन्तु ऐतिहासिक महत्व अधिक रहेगा। यह तो सुस्पष्ट है कि ट्रैक्टर के युग में हल-बैल की चर्चा, रासायनिक खादों के स्थान पर गोबर की चर्चा तथा ट्यूबबेल और नहर के युग में वृष्टि की चर्चा बहुत उपयोगी एवं सामयिक नहीं होगी, फिर भी इस दिशा में कार्य करने का औचित्य है। प्राचीन परम्पराओं का ज्ञान न केवल ऐतिहासिक दृष्टि से महत्वपूर्ण है अपितु अनुसन्धान की दृष्टि से अधिक आवश्यक एवं महत्वपूर्ण है। भारतीय पद्धति में बलात् प्रकृति के दोहन की परम्परा नहीं रही है। प्राकृतिक

वातावरण (पर्यावरण) को बिना क्षति पहुँचाये प्रकृति से लाभ लेने का प्रयास किया जाता था। अपरिहार्य कारणों में यदि किसी प्रकार की प्राकृतिक क्षति हुई या की गई तो उस क्षतिपूर्ति का भी प्रयास किसी न किसी रूप में किया जाता था।

कृषि विषयक प्राचीन सिद्धान्त आज उसी रूप में स्वीकार्य होंगे या उतने ही सफल होंगे इस विषय में टिप्पणी करना मेरा उद्देश्य नहीं है। केवल प्राचीन सिद्धान्तों को प्रकाश में लाना अभीष्ट है। कदाचित् किसी कृषि वैज्ञानिक को इनमें से कोई सूत्र किसी विशिष्ट अनुसन्धान की ओर प्रेरित कर सकता है, जिसके परिणाम स्वरूप खेतों की स्वाभाविक ऊर्जा को बिना क्षति पहुँचायें उर्वरकता सुरक्षित रखी जा सके या अन्य लाभ लिया जा सके। इसी प्रकार कृषि का अत्यन्त सहयोगी मौसम विज्ञान भी कुछ प्राचीन मान्यताओं और सिद्धान्तों का अनुशीलन कर मौसम की पूर्व सूचना प्राप्त करने में गुणात्मक वृद्धि करने का प्रयास कर सकता है। भारतीय सिद्धान्तों में वृष्टि एवं अनावृष्टि का पूर्वानुमान ग्रहगति, वायुगति, तथा विशिष्ट समयों में आकाश लक्षण के आधार पर की जाती रही है यही कारण है कि वृष्टि का वर्षों पहले भी अनुमान लगाया जा सकता है। वर्षा के पूर्वानुमान की अनेक विधियाँ ज्यौतिष शास्त्र एवं पुराणों में वर्णित हैं। प्रसङ्गात् वृष्टि विषयक एक शास्त्रीय सर्वेक्षण पर दृष्टिपात करना आवश्यक समझता हूँ। क्योंकि वृष्टि विषयक चर्चा के अभाव में कृषि सम्बन्धी विवेचन अधूरा ही रहेगा।

वृष्टि : एक शास्त्रीय दृष्टि

वृष्टि के सन्दर्भ में सर्व विदित तथ्य है कि सूर्य रश्मियाँ वाष्प रूप में जल का संग्रह कर मेघ के रूप में परिवर्तित कर समयानुसार वृष्टि करती हैं। किन्तु भगवान व्यास की दृष्टि सर्वथा भिन्न और सूक्ष्म है। इनकी दृष्टि में केवल सूर्य रश्मियाँ ही वृष्टि सर्जक नहीं हैं। वृष्टि में चन्द्रमा और वायु की भी प्रमुख भूमिका होती है। वायु पुराण में व्यास ने वृष्टि का कारण स्पष्ट करते हुये लिखा है–

आदित्यपीतं सूर्याग्नेः सोमं संक्रमते जलम्।
नाडीभिर्वायुयुक्ताभिर्लोकाधानं प्रवर्तते।।
यत् सोमात् स्त्रवते सूर्यं तदभ्रेष्ववतिष्ठते।
मेघा वायु-निघातेन विसृजन्ति जलं भुवि।।

(वायु पु. १/५१/१४-१५)

अर्थात् सूर्य रश्मियों से शोषित जल वाष्प रूप में अन्तरिक्ष में जाता है वहां चन्द्र रश्मियों के संयोग से आर्द्र होकर मेघों का आश्रयण करता है। मेघ वायु के

आघात से पुनः जल की वृष्टि करते है। व्यास के इस कथन से मेघों के सन्दर्भ में ये दो बाते स्पष्ट रूप से सामने आती हैं।

१. मेघ केवल वाष्प नहीं होते, उनका अस्तित्व वाष्प से भिन्न है। २. सूर्य जल का केवल वाष्पीकरण करता है न कि मेघीकरण। इस आशय को और भी स्पष्ट करते हुये लिखा है-

आदित्यरश्मिभिर्पीतं जलमभ्रेषु तिष्ठति।
पुनः पतति तद् भूमौ पूर्यन्ते तेन चार्णवाः।।

इतना तो स्पष्ट है कि वृष्टि में सूर्यपीतजल अर्थात् वाष्प ही हेतु है, किन्तु इतनी ही प्रक्रिया वृष्टि की नियामक है यह नहीं कहा जा सकता। ज्यौतिष शास्त्र वृष्टि ज्ञान हेतु पाँच अवयवों पर ध्यान देता है। १. वायु, २. मेघ, ३. ग्रहचार, ४. भूमि और ५. सद्योवृष्टि लक्षण।

वायु के प्रमुख रूप से तीन भेद होते है- १. पावक २. स्थापक और ३. ज्ञापक। इनमें पावक नामक वायु विभिन्न दिशाओं में बिखरे हुये वृष्टि योग्य मेघों का संग्रह करता है तथा स्थापक वायु मेघों को वृष्टि हेतु प्रेरित करता है। इसी प्रकार मेघों में जलाधान होते समय भी अनुकूल वायु का होना आवश्यक होता है अन्यथा वाष्प और मेघों का संयोग नहीं हो पायेगा और मेघ शुष्क ही रह जायेंगे। जैसा कि आचार्य वराह मिहिर ने लिखा है-

ह्लादिमृदूदकशिवशक्रभवो मारुतो वियद् विमलम्।
स्निग्धसितवहुलपरिवेषपरिवृतौ हिममयूखार्कौ।।

(बृहत्संहिता)

वायु की तरह ही मेघों की भी कई जातियां बताई गई हैं प्रस्तुत प्रसङ्ग में चार जातियाँ उल्लेखनीय है- १. संवर्त्तक, २. आवर्त्तक, ३. पुष्कर, ४. द्रोण। इनमें संर्वत्तक नामक मेघ प्रभूत प्रलयकारी वृष्टि की क्षमता रखता है। दूसरा आवर्त्तक मेघ शुष्क होता है, केवल वायुवेग से इतस्ततः भ्रमण करता रहता है, तीसरा पुष्कर मेघ कभी-कभी थोड़ी वृष्टि कर पाता है। चौथा द्रोण संज्ञक मेघ संयमित कृषि योग्य वृष्टि करता है।

आवर्त्तो निर्जलो मेघः संवर्त्तश्च बहूदकः।
पुष्करो दुष्करजलो द्रोणो सस्यप्रपूरकः।।

ग्रहचार का भी प्रभाव मेघों की प्रवर्षण क्षमता पर पड़ता है। जिसका संकेत लोकोक्तियों में घाघ और खना के वचनों में भी मिलता है-

आगे मंगल पीछे भान-वर्षा होवे ओस समान।

अर्थात् सूर्य जिस राशि पर होता है उससे अग्रिमराशि पर यदि मंगल हो तो मेघों में शुष्कता आ जायेगी तथा केवल हल्की सी फुहार ही पड़ सकती है। इस प्रकार ग्रहों की विभन्न राशियों में स्थिति तथा परस्पर सम्बन्धों के आधार पर भी वृष्टि का अनुमान किया जाता है। यथा-

ऋक्षप्रवेशे यदि भास्करे च चन्द्रे त्रिकोणे यदि केन्द्रगे वा।
जलालयस्थो भृगुजेक्षितौ युतौ सम्पूर्णमेघा जलदा भवन्ति।।

ग्रहों की स्थिति कभी-कभी अतिवृष्टि तथा कभी कभी अनावृष्टि में भी सहायक होती है।

भूमि की बनावट तथा वहाँ की वनस्पतियों का भी सम्बन्ध वृष्टि को प्रभावित करता है। अतः वृष्टि विज्ञान वेत्ता आचार्यों ने भूमि को भी तीन भागों में विभक्त किया है। १. अनूप, २. जांगल और ३. मिश्र ।

अनूप देश का लक्षण बतलाते हुये कहा गया है-

नदीपल्वलशैलाढ्यः मृदुवाता तपान्वितः।
अनेक-वन-सस्याढ्यः सोऽनूपो देशउच्यते।।

जाङ्गल देश-

स्वल्पोदकतृणो यस्तु प्रवातः प्रचुरातपः।
स ज्ञेयो जांगलो देशो बहुधान्यादि संयुतः।।

मिश्र देश वह होता है जहाँ उक्त दोनों लक्षण आंशिक रूप से मिलते हैं यथा-

संसृष्टलक्षणो यस्तु देशः साधारणो मतः।
समा साधारणे वृष्टिः यस्माच्छीतवर्षोष्णमारुतः।।

(वृष्टि प्रबोध पृ. ६.७)

भूमि के विभागों से यह तथ्य उभरकर सामने आता है कि वन सम्पदा को नष्ट करने से वृष्टि पूर्णरूपेण प्रभावित होती है क्योंकि अच्छी वृष्टि से नदी, जलाशय पर्वत और वनों से समाकीर्ण भूमि ही प्रशस्त मानी गयी है। आज तेजी से हो रहे वनसम्पदा के विनाश का परिणाम सबके समक्ष है।

ये सब वृष्टि के लिए स्थायी कारण है। कुछ ऐसे कारण होते है जो समयानुसार उत्पन्न होते है और समय-समय पर परिवर्तित होते रहते हैं। इन्हें सद्यो वृष्टि लक्षण कहा जाता है। इनका परीक्षण सावधानी से करना चाहिये।

भारतीय ज्योतिष शास्त्र की यह विशेषता है कि ग्रहगति के आधार पर वर्षों पूर्व वृष्टि का पूर्वानुमान कर सकता है। करता भी है। पञ्चाङ्ग इसके साक्षी है। इस प्रकार की वर्षों पूर्व की गई भविष्यवाणियों में त्रुटियाँ सद्योवृष्टि लक्षण के कारण होती है जिनका पूर्वानुमान नहीं किया जा सकता। सद्योवृष्टि लक्षण में उन तथ्यों को विचार कोटि में रखा गया है जिनका प्रभाव तत्काल पड़ता है तथा जिनसे प्रस्तुत प्राकृतिक अवस्था में तत्काल परिवर्तन होता है। उदाहरणार्थ–

आसन्नमर्कं शीतांशो परिवेशगतोत्तरा
विद्युत्-प्रपूर्ण-मण्डूकस्त्वनावृष्टिर्भवेत्तदा ।
पुरः पृष्ठतो भानोर्ग्रहा यदि समीपगाः।
तदा वृष्टिं प्रकुर्वन्ति न चेत् प्रति लोमगाः।।

(आर्षवर्षा वायुविज्ञानम् पृ. २७४)

इस प्रकार सूर्य-चन्द्र मण्डलों पर परिवेषादि होने तथा इनकी गतियों एवं इनकी विशिष्ट स्थितियों के कारण प्रकृति में परिवर्तन होता है जिनका परिणाम वायु और मेघों पर पड़ता है जो वृष्टि के मुख्य घटक होते हैं। परिणामतः–

अतिवातं च निर्वातम् अत्युष्णं चाति शीतलम्।
अत्यभ्रञ्च निरभ्रञ्च षड्विधं मेघलक्षणम्।।

अर्थात् वायु की गति में ह्रास-वृद्धि तथा वातावरण में अत्युष्णता या शीतलता की उत्पत्ति वृष्टि के नियत काल में परिवर्तन कर देती है।

निष्कर्ष रूप में वृष्टि के कारण के रूप में भारतीय विद्याओं का यही मत है कि सूर्य की उष्मा से जल वाष्पीभूत होकर चन्द्ररश्मियों की शीतलता से पुनः आर्द्र होता है तथा अनुकूल एवं आह्लादकारी पवन के सहयोग से आर्द्रवाष्प मेघों में समाहित होता है। आर्द्र वाष्प से मेघों में संघनन होता हैं जितनी अनुकूल ऊर्ध्ववायु प्राप्त होती है उतनी मात्रा में मेघों में संघनन होता है। इसी प्रक्रिया को मेघगर्भ कहा गया है। तथा इसके लिए उपयुक्त काल पौष मास माना गया है।

यदि अनुकूल परिस्थितियों में गर्भधारण हो गया तो वृष्टि का समय निर्धारण करना सर्वाधिक महत्वपूर्ण कार्य होता है। सामान्य नियमानुसार गर्भधारण काल से एक सौ पाञ्चानबे दिन में मेघ वृष्टि करते है। यद्यपि आधान से प्रवर्षण काल तक जो समय प्रकृतिसिद्ध है वह व्यवहार में नहीं आता। समस्त प्राणियों में भी आधान काल से प्रसव काल तक की समय सीमा निर्धारित है जो विज्ञान सम्मत है किन्तु उस निर्धारित अवधि से पूर्व या पश्चात् प्रसव होता है। ज्योतिष शास्त्र प्राणियों के प्रसव में भी ग्रह स्थिति को हेतु मानता है। यहाँ भी निर्धारित अवधि

के पूर्व या पश्चात् वृष्टि होती है उसके लिए प्रसवकाल के आसन्न की ग्रहस्थिति का अवलोकन सद्योवृष्टि लक्षण के नियमानुसार करना आवश्यक होता है। वृष्टि में साधक एवं बाधक लक्षणों के संकेत समस्त प्राणियों में भी दिखलाई पड़ते हैं। मनुष्य अपने शरीर पर प्रकृति के परिवर्तनों का अनुभव पशु-पक्षियों की अपेक्षा अत्यल्प मात्रा में कर पाता है। इसका एक कारण यह भी है कि मनुष्य अपने कृत्रिम साधनों से अपने आपको प्रकृति से कुछ अंशों में अलग रखता है जब की पशु-पक्षी पूर्ण रूप से प्रकृति की गोद में ही सम्पूर्ण जीवन बिताते हैं। मनुष्य का पसीना भी वृष्टि के लक्षण को प्रकट करता है किन्तु आज पसीना किसी को आता ही नहीं। अस्तुः पशु-पक्षी और कीट-पतंग की चेष्टाओं से भी सद्यः वृष्टि के लक्षणों का ज्ञान हो जाता है।

बृहत्संहिता में वर्षा के काल ज्ञान के साथ-साथ वर्षा के स्थान, प्रभावित क्षेत्र एवं वृष्टि के प्रमाण का भी ज्ञान करने की विधि बतलाई गई है। वृष्टि से सम्बन्धित कुछ निमित्त कहे गये है उनके आधार पर वृष्टि की व्यापकता का ज्ञान होता है जैसा कि वराहमिहिर के वचन से ज्ञात होता है-

पञ्चनिमित्तैः शतयोजनं तदर्द्धार्द्धमेकहन्यात्।
वर्षति पञ्चनिमित्ताद्रूपेणैकेन यो गर्भः।।

(बृ.सं.पृ.१६०)

अर्थात् पाँच निमित्तों से युक्त गर्भ-एक सौ योजन अर्थात् ८०० मील तक वर्षा करता है। ४ निमित्तों से युक्त ५० योजन अर्थात् ४०० मील तक वृष्टि करता है। परिमाण के ज्ञान हेतु आढ़क को माप दण्ड बनाया गया है। २० अंगुल वर्गाकार ७ तथा ८ अंगुल गहरे पात्र को आढक कहा गया है। दूसरा प्रमाण पात्र के क्षमता के आधार पर कहा गया है। ५० पल जल रखने की क्षमता वाला पात्र आढ़क होता है। इस माप के आधार पर वर्षा का माप किया जाता रहा है। वर्षा के समय निर्धारण के प्रसङ्ग में आचार्य पराशर की एक अनूठी प्रक्रिया है जिसका उल्लेख भी नितान्त आवश्यक है। पराशर के मत से वृष्टि के कारण निर्धारण में वायु की गति और दिशा का ज्ञान अत्यावश्यक है। मेघ गर्भ के समय २४ घण्टों की प्रत्येक समय की वायु की दिशा और उसका वेग अंकित करना चाहिये। विशेष रूप से पौष मास की वायु के लिए उक्त विधि कही गई है। पौष मास के ३० दिनों की वायु की दिशा और गति के आधार पर पूरे वर्ष की वृष्टि का आकलन किया गया है। प्रत्येक २$^1/_2$ दिनों का एक मास तथा प्रत्येक ५ घटी या २ घण्टा = १ दिन जिसमें आदि का १ घण्टा दिन तथा पश्चात् १ घण्टा रात्रि का सूचक होता है। जिस

काल खण्ड में पश्चिम और उत्तर की वायु चलती है उस काल खण्ड से सम्बन्धित मास और दिन में वर्षा होती है। अत्यन्त संक्षेप में इस विधि का विवेचन कृषि पाराशर में किया गया है।

ज्यौतिष में काल निर्धारण प्रायः ग्रहचार के आधार पर किया जाता है। सौर संक्रमण काल अधिक महत्वपूर्ण होता है। संक्रान्ति के समय भी आकाश दर्शन आवश्यक होता है। कभी-कभी सूर्य और चन्द्रमा के नक्षत्र परिवर्तन से वृष्टि की पूर्व आकलित स्थिति भी परिवर्तित हो जाती है।

चन्द्रे चन्द्रे चरेद् वायु सूर्ये सूर्ये न वर्षति।
चन्द्रसूर्यसमायोगस्तदा वर्षति मेघराद्।।

इस सिद्धान्त के अनुसार गणना के आधार पर जो समय वर्षा की दृष्टि से नियत हो उसमें वृष्टि के स्थान पर वायु की वृद्धि हो सकती है अथवा मेघ आकर भी वृष्टि नहीं कर सकते हैं।

इन तथ्यों पर पुनः अनुसन्धान एवं प्रयोग की आवश्यकता है। आशा है आज के मौसम विज्ञान के अध्येता एवं अनुसन्धाता इस दिशा में प्रयत्नशील होंगे तथा निश्चय ही कुछ नवीन एवं जनोपयोगी उपलब्धियाँ हस्तगत होगी। ऐसी स्थिति में मैं अपने इस लघु प्रयास को सार्थक समझूँगा।

इस लघु ग्रन्थ का प्रकाशन ऐसे अवसर पर हो रहा है जब विश्व के अनेक देशों के कृषि वैज्ञानिक काशी हिन्दू विश्वविद्यालय में उपस्थित हो रहे हैं। यह मात्र एक संयोग ही नहीं अपितु इस बात का संकेत है कि भारतीय सिद्धान्तों पर अनुसन्धान का नवीन क्रम प्रारम्भ होने वाला है।

इस प्रसङ्ग में मैं उन महानुभावों के प्रति कृतज्ञता अर्पित करना चाहूँगा जिनकी प्रेरणा अनेक वर्षों से मिलती रही है। सर्वप्रथम मैं स्व. काशी नरेश डा. विभूतिनारायण सिंह जी के प्रति अपनी श्रद्धासुमनाञ्जलि अर्पित करता हूँ जिनकी सतत प्रेरण मिलती रही है तथा जिनके निर्देशन में सर्वप्रथम मैंने वायु-वृष्टि का परीक्षण सम्पन्न किया था। इसी क्रम में आदरणीय विद्वान स्व. चौधरी श्रीनारायण सिंहजी के प्रति आभार व्यक्त करता हूँ जिनके साथ मुझे कार्य करने का अवसर मिला था। साथ ही उनके द्वारा सम्पादित ग्रन्थ से सहयोग भी मिला है। मैं उनके प्रति साभार श्रद्धाञ्जलि अर्पित करता हूँ। इस ग्रन्थ के प्रकाशन में उत्साह दिखाने वाले मोतीलाल बनारसीदास प्रतिष्ठान विशेषकर श्रीलालीबाबू को साधुवाद देता हूँ जिनके प्रयास से इसका द्रुत मुद्रण सम्पन्न हो सका।

अन्त में उन सभी सहृदय पाठकों को धन्यवाद ज्ञापित करता हूँ जिनके रुचि से ही ग्रन्थ की सार्थकता सिद्ध होती है। मैं कृषि शास्त्र से विज्ञ नहीं हूँ केवल ज्योतिष शास्त्र का अनुरागी अध्येता मात्र हूँ अतः जिन अंशों को मैं पूर्णतया सुस्पष्ट न कर सका उन अंशों को विज्ञ जन अपनी प्रज्ञा से सुस्पष्ट कर मेरा सहयोग करेंगे। मैं उन सभी विद्वज्जनों का आभारी हूं जिनका प्रत्यक्ष एवं अप्रत्यक्ष आशीर्वाद कार्यरत रहने के लिए प्रेरित करता रहता है।

विदुषां वशंवद
रामचन्द्र पाण्डेय

***

श्रीमन्मङ्गलमूर्त्तये नमः

श्रीसरस्वत्यै नमः

कृषिपाराशरः

१. प्रास्ताविकम्

मंगलम्–

प्रजापतिं नमस्कृत्य कृषिकर्मविवेचनम्।
कृषकाणां हितार्थाय ब्रूते ऋषिपराशरः।।१।।

प्रजापति को नमस्कार कर किसानों के हित के लिए पराशर ऋषि कृषि सम्बन्धी कर्म का विवेचन कर रहे हैं।।१।।

कृषिमाहात्म्यम्–

चुतर्वेदान्तगो विप्रः शास्त्रवादी विचक्षणः।
अलक्ष्म्या गृह्यते सोऽपि प्रार्थनालाघवान्वितः।।२।।

चारों वेदों का मर्मज्ञ, शास्त्रों का प्रवक्ता एवं चतुर होने पर भी वह ब्राह्मण निर्धनता का पात्र होता है, जो किसी से याचना करने की लघुता (हीनता) से युक्त होता है।।२।।

एकया च पुनः कृष्या प्रार्थको नैव जायते।
कृष्यन्वितो हि लोकेऽस्मिन् भूयादेकश्च भूपतिः।।३।।

एकमात्र कृषि कार्य के कारण (किसी) को याचक नहीं होना पड़ता। कोई भी कृषि से युक्त व्यक्ति इस लोक में भूपति हो सकता है।।३।।

सुवर्णरौप्यमाणिक्यवसनैरपि पूरिताः।
तथापि प्रार्थयन्त्येव कृषकान् भक्ततृष्णया।।४।।

सोना, चाँदी, माणिक्य एवं वस्त्रों से पूर्ण होने पर भी मनुष्यों को भोजन की आवश्यकतावश कृषकों से प्रार्थना करनी पड़ती है।।४।।

कण्ठे कर्णे च हस्ते च सुवर्णं विद्यते यदि।
उपवासस्तथापि स्यादन्नाभावेन देहिनाम्।।५।।

गला, कान एवं हाथों में यदि सुवर्ण के आभूषण हों तो भी मुनष्यों को अन्न का अभाव होने से उपवास ही करना पड़ता है।।५।।

अन्नं प्राणा बलं चान्नमन्नं सर्वार्थसाधनम्।
देवासुरमनुष्याश्च सर्वे चान्नोपजीविनः।।६।।

अन्न ही प्राण, अन्न ही बल एवं अन्न ही समस्त प्रयोजनों का साधन है। देव, असुर एवं मनुष्य सभी अन्न के उपजीवी होते हैं।।६।।

अन्नं हि धान्यसञ्जातं धान्यं कृष्या विना न च।
तस्मात् सर्वं परित्यज्य कृषिं यत्नेन कारयेत् ।।७।।

अन्न धान्य से ही उत्पन्न होता है एवं कृषि के बिना धान्य नहीं हो सकता, अतः सब कुछ छोड़कर यत्नपूर्वक कृषि करनी चाहिए।।७।।

कृषिर्धन्या कृषिर्मेध्या जन्तूनां जीवनं कृषिः।
हिंसादिदोषयुक्तोऽपि मुच्यतेऽतिथिपूजनात् ।।८।।

कृषि धन्य एवं पवित्र होती है। कृषि ही प्राणियों का जीवन है। (कृषिकर्म करने वाला व्यक्ति) हिंसा इत्यादि दोष से युक्त होने पर भी अतिथि का पूजन करने के कारण उक्त दोषों से मुक्त हो जाता है।।८।।

तेनार्चितं जगत् सर्वमतिथिर्येन पूजितः।
अर्चितास्तेन देवाश्च स एव पुरुषोत्तमः।।९।।

जिसने अतिथि का पूजन किया है, उसने समस्त जगत् की पूजा एवं सम्पूर्ण देवों की अर्चना कर ली है। वही (व्यक्ति) पुरुषोत्तम होता है।।९।।

* * *

२. वृष्टिखण्डः

पराशरः–

वृष्टिमूला कृषिः सर्वा वृष्टिमूलं च जीवनम्।
तस्मादादौ प्रयत्नेन वृष्टिज्ञानं समाचरेत्।।१।।

पराशर का कथन है– सम्पूर्ण कृषि का मूल कारण वृष्टि है एवं वृष्टि ही जीवन का भी मूल है अतएव प्रारम्भ में प्रयत्नपूर्वक वृष्टि का ज्ञान करना चाहिए।।१।।

अतो वत्सरराजानं मन्त्रिणं मेघमेव च।
आढकं सलिलस्यापि वृष्टिज्ञानाय शोधयेत्।।२।।

अतः वृष्टि का ज्ञान करने के लिए संवत्सर के राजा, मन्त्री, मेघ एवं जल के आढक का शोधन करना चाहिए।।२।।

राजानयनम् –

शाकं त्रिगुणितं कृत्वा द्वियुतं मुनिना हरेत्।
भागशिष्टो नृपो ज्ञेयो नृपान्मत्री चतुर्थकः।।३।।

शक संवत् को ३ से गुणाकर गुणनफल में दो जोड़कर सात का भाग देने से जो शेष बचे वह राजा तथा उससे चौथा मन्त्री होता है।।३।।

अर्थात् शेषाङ्कतुल्य सूर्यादि क्रम से ग्रह राजा तथा उससे चतुर्थ क्रम वाला ग्रह मंत्री होता है।

उदाहरण– शक १९२२ संवत् २०५७ में वृष्टिज्ञान हेतु राजा और मन्त्री अभीष्ट हैं। अतः १९२२ को ३ से गुणाकर दो जोड़ दिया। १९२२ × ३ = ५७६६ + २ = ५७६ दो से युक्त गुणनफल में ७ से भाग दिया– ५७६८ ÷ ७ = शेष = ० शून्य अर्थात् भाजक ७ (तुल्य) संख्यक ग्रह 'शनि' राजा तथा शनि से चौथा ग्रह मंगल मन्त्री होगा।

```
७)५७६८(८२४
  ५६
  ──
   १६
   १४
   ──
    २८
    २८
    ──
     ×
```

विशेष–

वर्ष के राजा के ज्ञान के लिये पराशर द्वारा निर्दिष्ट यह नियम ज्योतिष के सिद्धान्त एवं संहिता ग्रन्थों से सर्वथा भिन्न है। फलतः इस नियम के अनुसार ज्ञात होने वाले संवत्सराधिप एवं सूर्यसिद्धान्तादि के अनुसार विदित होने वाले संवत्सर के राजा में पर्याप्त अन्तर हो जाता है।

उदाहरणार्थ– विक्रमीय संवत् २०२६ सन् १९७० में शक संवत् १८९१ है। अतः पराशर के नियमानुसार १८९१ × ३ = ५६७३ + २ = ५६७५ ÷ ७ = ल. ८१० शेष ५ ।

अस्तु अवशिष्ट अङ्क ५ के अनुसार संवत्सराधिप गुरु होना चाहिये, किन्तु संहिता ग्रन्थों के अनुसार इस वर्ष का संवत्सराधिप मङ्गल है।

इसी प्रकार वर्ष के मन्त्री में भी अत्यधिक अन्तर हो जाता है। पराशर के नियमानुसार शक १८९१ का मन्त्री मङ्गल होना चाहिये, किन्तु ज्योतिष के सिद्धान्त एवं संहिता ग्रन्थों के अनुसार इस वर्ष का मन्त्री 'चन्द्रमा' है।

सूर्य-सिद्धान्त में संवत्सर के राजा एवं मन्त्री का ज्ञान करने के लिए निम्नांकित नियम निर्दिष्ट है–

मासाब्ददिनसंख्याप्तं द्वित्रिघ्नं रूपसंयुतम्।।
सप्तोद्धृतावशेषौ तु विज्ञेयौ मासवर्षपौ।।

सू. म. श्लोक ५२

"अर्थात् वर्षपति जानने के लिये इष्ट अहर्गण को ३६० से अथवा सावन मासों को १२ से भाग दे, जो लब्धि आये उतने ही सावन वर्ष बीते हैं। इनको ३ से गुणा कर १ जोड़ दें और सात से भाग दे, क्योंकि वर्षपतियों का क्रम वार के अनुसार चौथे दिन बदलता है। सात वर्ष के बाद फिर वही क्रम आरम्भ होता है जो शेष बचे (सप्ताह के) उसी दिन का स्वामी वर्तमान सावन वर्ष का स्वामी होता है, क्योंकि सप्ताह का आरम्भ रविवार से होता है।"

सूर्य सिद्धान्त के उपर्युक्त नियम से भिन्न प्रकार से आजकल के सभी पञ्चाङ्गों में वर्षपति (वर्षेश) उस दिन का स्वामी माना जाता है जिस दिन चैत्र शुक्ल प्रतिपदा होती है और वर्ष का मन्त्री उस दिन का स्वामी समझा जाता है जिस दिन मेष संक्रान्ति होती है। मेघेश उस दिन का स्वामी होता है जिस दिन आर्द्रा नक्षत्र लगता है इत्यादि। इसी विचार से वर्ष भर का फल निकाला जाता है। मकरन्द सारिणी में उपर्युक्त नियम का उल्लेख निम्न प्रकार से हुआ है–

चैत्रशुक्लप्रतिपद्दिवसे यो वारः स राजा।
मेषसंक्रान्तिदिवसे यो वारः स मन्त्री।।

कर्कसंक्रान्तिदिवसे यो वारः स सस्याधिपः।
तुलासंक्रान्तिदिवसे यो वारः स नीरसाधिपः।।

आर्द्राप्रवेशदिवसे यो वारः स मेघाधिपः।
धनुःसंक्रान्तिदिवसे यो वारः स पश्चिमधान्याधिपः।।

चित्तलार्के नृपे वृष्टिर्वृष्टिरुग्रा निशापतौ।
वृष्टिर्मन्दा सदा भौमे चन्द्रजे वृष्टिरुत्तमा।।४।।

सूर्य के राजा होने पर सामान्य (खण्ड) वृष्टि, चन्द्रमा के राजा होने पर उग्र वृष्टि, मङ्गल के राजा होने पर सदा मन्द वृष्टि तथा बुध के राजा होने पर उत्तम वृष्टि होती है।।४।।

गुरौ च शोभना वृष्टिर्भार्गवे वृष्टिरुत्तमा।
पृथिवी धूलिसम्पूर्णा वृष्टिहीना शनौ भवेत्।।५।।

बृहस्पति के राजा होने पर सुन्दर वृष्टि, शुक्र के राजा होने पर उत्तम वर्षा तथा शनि के राजा होने पर पृथ्वी धूल से पूर्ण एवं वृष्टि रहित होती है।।५।।

चक्षूरोगो ज्वरारिष्टं सर्वोपद्रव एव च।
मन्दा वृष्टिः सदा वातो यत्राब्दे भास्करो नृपः।।६।।

जिस वर्ष सूर्य राजा होता है उस समय नेत्रसम्बन्धी रोग, ज्वर पीड़ा एवं सभी प्रकार के उपद्रव होते हैं। (उस वर्ष) वृष्टि मन्द होती है तथा सर्वदा वायु चलती रहती है।।६।।

यस्मिन् संवत्सरे चैव चन्द्रो राजा भवेद् ध्रुवम्।
कुर्यात् शस्यान्वितां पृथ्वीं नैरुज्यं चापि मानवे।।७।।

जिस वर्ष चन्द्रमा राजा होता है (उस वर्ष वह) निश्चय ही पृथ्वी को अनाज से पूर्ण तथा मनुष्यों को निरोग करता है।।७।।

शस्यहानिर्भवेत्तत्र नित्यं रोगश्च मानवे।
यस्मिन्नब्दे कुजो राजा शस्यशून्या च मेदिनी।।८।।

जिस वर्ष मङ्गल राजा होता है उस समय अन्न की हानि, मनुष्यों में रोग तथा पृथ्वी अन्न से रहित हो जाती है।।८।।

नैरुज्यं सुप्रचारश्च सुभिक्षं क्षितिमण्डले।
यत्राब्दे चन्द्रजो राजा सर्वशस्या च मेदिनी।।९।।

जिस वर्ष बुध राजा होता है (उस वर्ष) निरोगता, सुविधायुक्त आवागमन, भूमण्डल में सुभिक्ष तथा पृथ्वी पर सभी प्रकार के अन्न की उत्पत्ति होती है।।९।।

धर्मस्थितिर्मनःस्थैर्यं वृष्टिकारणमुत्तमम्।
यस्मिन्नब्दे गुरू राजा सर्वा वसुमती मही।।१०।।

जिस वर्ष बृहस्पति राजा होता है (उस वर्ष) धर्म की स्थिति, मन की स्थिरता एवं वृष्टि का उत्तम अवसर होता है तथा सम्पूर्ण पृथ्वी धन-धान्य से पूर्ण होती है।।१०।।

नृपाणां वर्धनं नित्यं धनधान्यादिकं फलम्।
राजा दैत्यगुरुः कुर्यात् सर्वशस्यं रसातलम् ।।११।।

जिस वर्ष दैत्यगुरु (शुक्राचार्य) राजा होते हैं (उस वर्ष) राजाओं की नित्य वृद्धि एवं धन-धान्य इत्यादि के फल की प्राप्ति होती है तथा पृथ्वी पर सभी प्रकार का अनाज उत्पन्न होता है।।११।।

संग्रामो वातवृष्टिश्च रोगोपद्रव एव च।
मन्दवृष्टिः सदा वातो नृपे संवत्सरे शनौ।।१२।।

शनि के संवत्सर का राजा होने पर संग्राम, वायुयुक्त वर्षा, रोगों का उपद्रव मन्दवृष्टि तथा सर्वदा वायु का प्रवाह होता है।।१२।।

यथा वृष्टिफलं प्रोक्तं वत्सरग्रहभूपतौ।
तद्वद्वृष्टिफलं ज्ञेयं विज्ञैर्वत्सरमन्त्रिणि।।१३।।

ग्रहों के वर्ष का राजा होने पर जिस प्रकार का वृष्टिफल कहा गया है विद्वान् लोगों को (उन ग्रहों के) वर्षमन्त्री होने पर भी उसी प्रकार का वृष्टिफल जानना चाहिये।।१३।।

मेघानयनम् –

शकाब्दं वह्निसंयुक्तं वेदभागसमावृतम्।
शेषं मेघं विजानीयादावर्तादि यथाक्रमम्।।१४।।

मेघानयन – शकाब्द में ३ जोड़कर ४ से भाग देने पर शेष संख्यानुसार आवर्तादि मेघ होते हैं।।१४।।

मेघ प्रमुख रूप से चार होते हैं– १. आवर्त्त, २. संवर्त्त, ३. पुष्कर, ४. द्रोण।

उदाहरण– शक १९२२ + ३ = १९२५ चार से भाग देने पर शेष १ के तुल्य अर्थात् प्रथम आवर्त्त नामक मेघ ही मेघेश होगा।

४) १९२५ (४८६
१६
३२
३२
×२५
२४
१

आवर्तश्चैव संवर्तः पुष्करो द्रोण एव च।
चत्वारो जलदाः प्रोक्ता आवर्तादि यथा क्रमम्।।१५।।

आवर्त, संवर्त, पुष्कर एवं द्रोण ये चार मेघ आवर्त आदि के क्रम से कहे गये हैं।।१५।।

एकदेशेन चावर्तः संवर्तः सर्वतो जलम्।
पुष्करे दुष्करं वारि द्रोणे बहुजला मही।।१६।।

आवर्त एकदेश मैं एवं संवर्त सर्वत्र जल की वर्षा करता है। पुष्कर में अत्यल्प जल एवं द्रोणमेघ में पृथ्वी पर बहुत जल होता है।।१६।।

जलाढक निर्णयः-

शतयोजनविस्तीर्णं त्रिंशद्योजनमुच्छ्रितम् ।
आढकस्य भवेन्मानं मुनिभिः परिकीर्तितम्।।१७।।

जलाढक का निर्णय- मुनियों ने आढक का मान सौ योजन विस्तीर्ण एवं तीस योजन गहरा (ऊँचा) बतलाया है।।१७।।

युग्माजगोमत्स्यगते शशाङ्के
रविर्यदा कर्कटकं प्रयाति।
जलं शताढं हरिकार्मुकेऽर्द्धं
वदन्ति कन्यामृगयोरशीतिम् ।।१८।।

चन्द्रमा के मिथुन, मेष, वृष एवं मीन राशि में होने पर जब सूर्य कर्क राशि पर जाता है तो जल वृष्टि सौ आढक होती है। सूर्य के धनु राशि में होने पर उसकी आधी अर्थात् पचास आढक होती है। सूर्य के कन्या एवं सिंह राशि में होने पर अस्सी (आढक) जल का होना (मुनियों ने) कहा है।।१८।।

कुलीरकुम्भालितुलाभिधाने
जलाढकं षण्णवतिं वदन्ति।
अनेन मानेन तु वत्सरस्य
निरूप्य नीरं कृषिकर्म कार्यम्।।१९।।

सूर्य के कर्क, कुम्भ, वृश्चिक एवं तुला राशि में होने पर (मुनि लोग) छानबे आढक जल का होना कहते हैं। इस मान के अनुसार संवत्सर के जल का निरूपण कर कृषिकार्य करना चाहिये।।१९।।

समुद्रे दशभागांश्च षड्भागानपि पर्वते।
पृथिव्यां चतुरो भागान् सदा वर्षति वासवः।।२०।।

वृष्टि के देवता इन्द्र समुद्र में दश भाग, पर्वत पर छः भाग तथा पृथ्वी पर सदैव चार भाग ही वर्षा करते हैं।।२०।।

पौष्यवृष्टिज्ञानम्-

सार्द्धं दिनद्वयं मानं कृत्वा पौषादिना बुधः।
गणयेन्मासिकीं वृष्टिमवृष्टिं वानिलक्रमात्।।२१।।

पौषवृष्टिज्ञान- बुद्धिमान् पुरुष ढाई दिनों के परिमाण से पौषादि के क्रम से प्रत्येक महीने की वृष्टि अथवा अवृष्टि की गणना वायु के प्रवाहानुसार करें।।२१।।

विशेष- पौष की प्रतिदिन की वायु परीक्षा वर्ष (१२ मासों) में होने वाली वृष्टि एवं अनावृष्टि की परिचायक होती है। पौष मास के ३० दिनों (तिथियों) को १२ भागों में विभक्त करने से एक-एक भाग एक-एक मास के सूचक होते हैं। यथा-

३० ÷ १२ = २$\frac{१}{२}$। अर्थात् ३० दिनों में १२ का भाग देने से लब्धि २$\frac{१}{२}$ दिन एक मास की अवधि हुई। इसी प्रकार पौष के ३० दिनों पर १२ मासों का निर्धारण होगा यथा-

पौषशुक्ल

१	+	२	+	$\frac{३}{२}$		
प्रतिपदा	+	द्वितीया	+	$\frac{\text{तृतीया}}{२}$	=	प्रथम मास
२४ घण्टा	+	२४ घं.	+	१२ घं.	=	(६० घण्टा)
$\frac{३}{२}$	+	४	+	५	=	(६० घण्टा)
$\frac{\text{तृतीया}}{२}$	+	चतुर्थी	+	पंचमी	=	द्वितीय मास
६	+	७		$\frac{८}{२}$	=	(६० घण्टा)
षष्ठी	+	सप्तमी	+	$\frac{\text{अष्टमी}}{२}$	=	तृतीय मास
$\frac{८}{२}$		९		१०	=	(६० घण्टा)
$\frac{\text{अष्टमी}}{२}$	+	नवमी	+	दशमी	=	चतुर्थ मास
११		१२		$\frac{१३}{२}$	=	(६० घण्टा)

एकादशी	+	द्वादशी	+	त्रयोदशी / २	=	पंचम मास
१३ / २	+	१४	+	१५	=	(६० घण्टा)
त्रयोदशी / २	+	चतुर्दशी	+	पूर्णिमा	=	षष्ठ मास

पौषकृष्ण (माघकृष्ण)

१६		१७		१८ / २	=	(६० घण्टा)
प्रतिपदा	+	द्वितीया	+	तृतीया / २	=	सप्तम मास
१८ / २		१९		२०	=	(६० घण्टा)
तृतीया / २	+	चतुर्थी	+	पञ्चमी	=	अष्टम मास
२१		२२		२३ / २	=	(६० घण्टा)
षष्ठी	+	सप्तमी	+	अष्टमी / २	=	नवम मास
२३ / २		२४		२५	=	(६० घण्टा)
अष्टमी / २	+	नवमी	+	दशमी	=	दशम मास
२६	+	२७	+	२८ / २	=	(६० घण्टा)
एकादशी	+	द्वादशी	+	त्रयोदशी / २	=	ग्यारहवाँ मास
२८ / २		२९		३०	=	(६० घण्टा)
त्रयोदशी / २	+	चतुर्दशी	+	अमावस्या	=	बारहवाँ मास

इस प्रकार प्रत्येक मास $२\frac{१}{२}$ दिन = ६० घण्टा (=१५० घटी) के तुल्य सिद्ध हुआ। प्रत्येक मास लगभग ३० दिन का होता है। अतः $२\frac{१}{२}$ दिन (=६० घण्टा) को तीस में विभक्त करने से ६० ÷ ३० = $\frac{६०}{३०}$ = २ घण्टा एक-एक दिन का मान हुआ।

२ घण्टे में पहला घण्टा दिन का सूचक तथा दूसरा घण्टा रात्रि का सूचक होता है। अतः प्रथम घण्टे की वायु दिन की वृष्टि तथा दूसरे घण्टे की वायु रात्रि की वृष्टि की सूचक होगी।

सौम्यवारुणयोर्वृष्टिरवृष्टिः पूर्वयाम्ययोः।
निर्वाते वृष्टिहानिः स्यात्संकुले संकुलं जलम्।।२२।।

उत्तर या पश्चिम दिशा की हवा वृष्टि एवं पूर्व तथा दक्षिण की हवा अवृष्टि की सूचक है। हवा न चलने पर वृष्टि की हानि होती है एवं अव्यवस्थित वायुप्रवाह होने पर वृष्टि भी अव्यवस्थित होती है।।२२।।

एकैकं पञ्चदण्डेन मासस्य दिवसो मतः।
पूर्वार्द्धे वासरी वृष्टिरुत्तरार्द्धे च नैशिकी।।२३।।

पाँच दण्डों की एक इकाई को (तत्सम्बद्ध) महीने का दिन माना जाता है। इसके पूर्वार्द्ध में (वर्षा होने से) दिन में वर्षा होती है एवं उत्तरार्द्ध में (वृष्टि होने से) रात्रि में वर्षा होती है।।२३।।

दत्त्वा दण्डे पताकां तु वातस्यानुक्रमेण च।
विज्ञेया मासिकी वृष्टिः कृत्वा यत्नमहर्निशम् ।।२४।।

एक दण्ड में पताका लगाकर दिन-रात प्रयत्न करके वायु के क्रमानुसार मासिकी वृष्टि का ज्ञान करना चाहिए।।२४।।

धूलीभिरेव धवलीकृतमन्तरिक्षं
विद्युच्छटाच्छुरितवारुणदिग्विभागम् ।
पौषे यदा भवति मासि सिते च पक्षे
तोयेन तत्र सकला प्लवते धरित्री।।२५।।

पौष महीने के शुक्ल पक्ष में जब आकाशधूलि से आच्छादित रहे एवं पश्चिम दिशा विद्युच्छटा से सुशोभित हो तो (उससे सम्बद्ध दिन में) सम्पूर्ण पृथ्वी जल से आप्लावित हो जाती है।।२५।।

पौषे मासि यदा वृष्टिः कुज्झटिर्वा यदा भवेत्।
तदादौ सप्तमे मासि वारिपूर्णा भवेन्मही।।२६।।

पौष मास में जब वृष्टि या कुहरा पड़ता है उस समय से प्रारम्भ कर सातवें महीने में पृथ्वी जल से पूर्ण हो जाती है।।२६।।

यदा पौषे सिते पक्षे नभं मेघावृतं भवेत्।
तोयावृता धरित्री च भवेत् संवत्सरे तदा।।२७।।

पौष महीने के शुक्लपक्ष में जब आकाश मेघों से आच्छादित होता है तो उस वर्ष पृथ्वी जल से पूर्ण हो जाती है।।२७।।

मीनवृश्चिकयोर्मध्ये यदि वर्षति वासवः।
तदादौ सप्तमे मासि तत्तिथौ प्लवते मही।।२८।।

यदि इन्द्र मीन और वृश्चिक राशियों के मध्य वर्षा करता है तो उस समय से प्रारम्भ कर सातवें महीने की उसी तिथि में पृथ्वी जल से पूर्ण हो जाती है।।२८।।

माघवृष्टिज्ञानम् –

माघस्य सितसप्तम्यां वृष्टिर्वा मेघदर्शनम्।
तदा संवत्सरो धन्यः सर्वशस्यफलप्रदः।।२९।।

माघ महीने की वृष्टि का ज्ञान– माघ मास के शुक्लपक्ष की सप्तमी को वृष्टि अथवा मेघ दिखलाई पड़े तो वह वर्ष सभी प्रकार का अनाज उत्पन्न होने के कारण धन्य हो जाता है।।२९।।

माघे बहुलसप्तम्यां तथैव फाल्गुनस्य च।
चैत्रे शुक्लतृतीयायां वैशाखे प्रथमेऽहनि।।३०।।

एतासु चण्डवातो वा तडिद्वृष्टिरथापि वा।
तदा स्याच्छोभना प्रावृड् भवेत् शस्यवती मही।।३१।।

माघ एवं पौष मास के कृष्णपक्ष की सप्तमी, चैत्र के शुक्लपक्ष की तृतीया एवं वैशाख के प्रथम दिन यदि प्रचण्ड वायु अथवा बिजली की चमक के साथ वर्षा हो तो वर्षा काल सुन्दर रहता है एवं पृथ्वी अन्न से पूर्ण हो जाती है।।३०-३१।।

सप्तम्यां स्वातियोगे यदि पतति जलं माघपक्षेऽन्धकारे
वायुर्वा चण्डवेगं सजलजलधरो गर्जितो वासवो वा।
विद्युन्मालाकुलं वा यदि भवति नभो नष्टचन्द्रार्कतारं
तावद् वर्षन्ति मेघा धरणितलगता यावदाकार्तिकान्तम् ।।३२।।

माघमास के कृष्णपक्ष की सप्तमी को स्वाती नक्षत्र का योग होने पर यदि जल गिरे, प्रचण्ड वायु एवं जलपूर्ण मेघ का गर्जन हो तथा यदि आकाश विद्युन्माला से क्षुब्ध हो रहा हो और सूर्य तथा चन्द्रमा न दिखलाई पड़ते हों तो मेघ पृथ्वी पर आकर कार्त्तिक मास के अन्त तक वर्षा करते हैं।।३२।।

माघे मासि निरन्तरं यदि भवेत् प्रालेयतोयागमो
वाता वान्ति च फाल्गुने जलधरैश्चैत्रे च छन्नं नभः।
वैशाखे करकाः पतन्ति सततं ज्येष्ठे प्रचण्डातपाः
तावद् वर्षति वासवो रविरसौ यावत्तुलायां व्रजेत्।।३३।।

यदि माघ महीने में हिममिश्रित जल की वर्षा हो, फाल्गुन में मेघयुक्त वायु चले, चैत्र में आकाश आच्छन्न रहे, वैशाख में बराबर उपलवृष्टि (ओले) एवं ज्येष्ठ मास में प्रचण्ड धूप हो तो इन्द्र तब तक वर्षा करता है जब तक सूर्य तुला राशि में नहीं चला जाता है।।३३।।

फाल्गुनवृष्टिज्ञानम् –

पञ्चम्यादिषु पञ्चसु कुम्भेऽर्के
यदि भवति रोहिणीयोगः।
अधमतमाधममध्यममहदति-
महाम्भसां निपातः।।३४।।

फाल्गुन मास की वर्षा का ज्ञान– सूर्य के कुम्भ राशि में जाने पर यदि पञ्चमी आदि पाँच तिथियों में रोहिणी नक्षत्र का योग हो तो अत्यन्त अधम अर्थात् अत्यन्त अल्प, अधम अर्थात् स्वल्प, मध्यम अर्थात् औसत परिमाण में, महत् अर्थात् अधिक एवं अति महत् अर्थात् बहुत अधिक परिमाण में वर्षा होती है।।३४।।

चैत्रवृष्टिज्ञानम् –

प्रतिपदि मधुमासे भानुवारः सितायां
यदि भवति तदा स्याच्चित्तला वृष्टिरब्दे।
अविरलपृथुधारासान्द्रवृष्टिप्रवाहै-
र्धरणितलमशेषं प्लाव्यते सोमवारे।।३५।।

चैत्र महीने की वर्षा का ज्ञान– यदि चैत्र मास की प्रतिपदा तिथि को रविवार हो तो वर्ष में सामान्य वर्षा होती है। यदि उस दिन सोमवार हो तो लगातार घनघोर वर्षा के प्रवाह से पृथ्वी (जल से) आप्लावित हो जाती है।।३५।।

अवनितनयवारे वारिवृष्टिर्न सम्यग्
बुधगुरुभृगुजानां सस्यसम्पत् प्रमोदः।
जलनिधिरपि शोषं याति वारे च शौरे-
र्भवति खलु धरित्री धूलिजालैरदृश्या।।३६।।

(चैत्र मास की प्रतिपदा को) यदि मंगलवार हो तो जल की वर्षा भली-भाँति नहीं होती। बुध, गुरु एवं शुक्रवार होने पर अनाज की अधिकता से आनन्द होता है। (उस दिन) शनिवार होने से समुद्र भी सूख जाता है तथा पृथ्वी निश्चय ही धूल में छिप जाती है।।३६।।

चैत्राद्यभागे चित्रायां भवेच्च चित्तला क्षितिः।
शेषे नीचैर्न वात्यर्थं क्ष्मामध्ये बहुवर्षिणी।।३७।।

चैत्र मास के पूर्व भाग में चित्रा में यदि पृथ्वी पर सामान्य वर्षा हो तो शेष भाग में अपर्याप्त वर्षा होगी तथा पृथ्वी के मध्य में बहुत वर्षा होगी।।३७।।

मूलस्यादौ यमस्यान्ते चैत्रे वायुरहर्निशम्।
आर्द्रादीनि च ऋक्षाणि वृष्टिहेतोर्विशोधयेत्।।३८।।

चैत्र मास में मूल नक्षत्र के आदि एवं भरणी के अन्त में यदि रात-दिन हवा बहती रहे तो आर्द्रा आदि नक्षत्रों में निश्चय ही वर्षा होगी।।३८।।

वैशाखवृष्टिज्ञानम् –

प्रवाहयुतनद्यां तु दण्डं न्यस्य जले निशि।
वैशाखशुक्लप्रतिपत्तिथौ वृष्टिं निरूपयेत्।।३९।।

वैशाख मास की वर्षा का ज्ञान– वैशाख महीने की शुक्ल-प्रतिपदा को प्रवाहयुक्त नदी के जल में रात्रि में दण्ड रखकर वृष्टि का निश्चय करना चाहिये।।३९।।

ॐ सिद्धिरिति मन्त्रेण मन्त्रयित्वा शतद्वयम्।
अङ्कयित्वा तु तद्दण्डमङ्कतुल्ये जले क्षिपेत्।।४०।।

"ॐ सिद्धि" इस मन्त्र द्वारा दो सौ बार अभिमन्त्रित करने के उपरान्त दण्ड को चिह्नित कर चिह्न के बराबर जल में डाल दें।।४०।।

प्रातरुत्थाय सहसा तदङ्कं तु निरूपयेत्।
समं चैवाधिकं न्यूनं भविष्यज्जलकांक्षया।।४१।।

प्रातःकाल उठने के उपरान्त भविष्य के जल का परिमाण जानने की इच्छा से सहसा उस अंक (चिह्न) को देखकर समान, अधिक अथवा कम हुआ देखकर तदनुसार जल होने का निश्चय करना चाहिये।।४१।।

गतवत्सरवद्वारि वन्या चैव समे भवेत्।
हीने हीनं भवेद्वारि भवेद् वन्या च तादृशी।।४२।।

(चिह्न से) समान होने पर गत वर्ष के तुल्य जल एवं बाढ़ होगी। (चिह्न से) कम होने पर (गत वर्ष की अपेक्षा) कम जल एवं बाढ़ होगी।।४२।।

अङ्काधिक्ये च द्विगुणा वृष्टिर्वन्या च जायते।
इतिपराशरेणोक्तं भविष्यद्वृष्टिलक्षणम्।।४३।।

(दण्ड के) अंक से अधिक (नदी के जल का स्तर) होने पर (गत वर्ष की अपेक्षा) दूनी वृष्टि एवं बाढ़ होगी। पराशर ने इस प्रकार भविष्यकालीन वृष्टि का लक्षण कहा है।।४३।।

सूर्योदये विषुवतो जगतां विपत्ति-
र्मध्यं गते दिनकरे बहुशस्यहानिः।
अस्तं गते दिनकरे तु तदर्धशस्यं
ऐश्वर्यभोगमतुलं खलु चार्द्धरात्रे।।४४।।

सूर्योदय के समय विषुवसङ्क्रान्ति होने पर संसार में विपत्ति, मध्याह्न में सूर्य का संक्रमण होने पर अन्न की बहुत हानि। सायंकाल सूर्य का संक्रमण होने पर पूर्व वर्ष की अपेक्षा आधे परिमाण में अन्न की उपज होती है। अर्धरात्रि के समय (संक्रमण होने पर) निश्चय ही अतुल ऐश्वर्य एवं भोग की उपलब्धि होती है।।४४।।

रेखात्रयं समुल्लिख्य ताभिस्ताश्च विवर्द्धयेत्।
त्रिशृङ्गं सर्वकोणेषु पर्वतं तत्र दापयेत्।।४५।।

तीन रेखायें खींचकर उन्हीं से उनको बढ़ायें - अर्थात् ३ x ३ = ९ रेखाएँ पूर्व की तीन रेखाओं पर खींचे। प्रत्येक कोने पर त्रिकोण से सूचित पर्वत का चिह्न बनाये।।४५।।

ईशानादिदक्षिणाङ्कान् संलिखेदनलादितः।
येन येनाजसंक्रान्तिस्तेन प्रावृट्फलं भवेत्।।४६।।

ईशानकोण अर्थात् उत्तर-पूर्व के कोण से प्रारम्भ कर दक्षिण की ओर बढ़ते हुए अनल अर्थात् तीसरे कृत्तिका नक्षत्र से नक्षत्रों को (कोष्ठों में) लिखना चाहिये। जिस-जिस नक्षत्र में मेष संक्रान्ति होगी अर्थात् सूर्य मेष राशि में संक्रमण करेगा उसी के अनुसार वर्षा का फल होगा।।४६।।

अतिवृष्टिः समुद्रे स्यादनावृष्टिस्तु पर्वते।
कक्षयोश्चित्तला वृष्टिः सुवृष्टिस्तीरसङ्गमे।।४७।।

समुद्र अर्थात् रोहिणी से उत्तरा फाल्गुनी एवं ज्येष्ठा से पूर्वा भाद्रपद तक के नक्षत्रों में (मेष संक्रान्ति) होने पर अतिवृष्टि होगी एवं पर्वत अर्थात् कृत्तिका, हस्त, अनुराधा और उत्तराभाद्रपद नक्षत्रों में (मेष संक्रमण) होने पर अनावृष्टि होगी। कक्षों अर्थात् अश्विनी एवं स्वाती नक्षत्रों में मेष संक्रान्ति होने से सामान्य वर्षा होगी तथा तीरसङ्गम अर्थात् भरणी, चित्रा, विशाखा और रेवती नक्षत्रों में मेष संक्रान्ति होने पर सुवृष्टि होगी।।४७।।

ज्येष्ठवृष्टिलक्षणम् –

चित्रास्वातीविशाखासु ज्यैष्ठे मासि निरभ्रता।
तास्वेव श्रावणे मासि यदि वर्षति वासवः।।
तदा संवत्सरो धन्यो बहुशस्यफलप्रदः।।४८।।

ज्येष्ठ मास कालीन वृष्टि का लक्षण– ज्येष्ठ मास में चित्रा, स्वाती तथा विशाखा नक्षत्र के समय आकाश में बादल न हों तथा उन्हीं नक्षत्रों के समय श्रावण के महीने में यदि इन्द्र वर्षा करे तो वह वर्ष अनाज की अधिक उत्पत्ति होने के कारण धन्य हो जायेगा।।४८।।

ज्येष्ठादौ सितपक्षे च आर्द्रादिदशऋक्षके।
सजला निर्जला यान्ति निर्जलाः सजला इव।।४९।।

ज्येष्ठ मास के प्रारम्भ और (उसी मास के) शुक्लपक्ष में आर्द्रा इत्यादि दस नक्षत्रों में (वर्षा होने पर) जलयुक्त स्थान निर्जल के तुल्य एवं निर्जल स्थान जलयुक्त के सदृश हो जाते हैं।।४९।।

आषाढवृष्टिलक्षणम्–

आषाढ्यां पौर्णमास्यां सुरपति-
ककुभो वातिः वातः सुवृष्टिः।
शस्यध्वंसं प्रकुर्याद्दहन-
दिशिगतो मन्दवृष्टिर्यमेन।।
नैऋत्यां शस्यहानिर्वरुणदिशि
जलं वायुना वायुकोपः।
कौवेर्यां शस्यपूर्णां प्रथयति
नियतं मेदिनीं शम्भुना च।।५०।।

आषाढ़ महीने की वृष्टि का लक्षण– आषाढ़ महीने की पूर्णिमा को पूर्व दिशा से वायु के बहने पर सुवृष्टि होती है। अग्निकोण अर्थात् दक्षिण-पूर्व के कोण से वायु चलने पर अनाज का नाश, दक्षिण की वायु होने पर मन्दवृष्टि, नैऋत्यकोण अर्थात् दक्षिण-पश्चिम की वायु होने से अनाज की हानि, पश्चिम की वायु से वृष्टि, वायव्यकोण अर्थात् उत्तर-पश्चिम की वायु से वायु का कोप, उत्तर एवं उत्तर-पूर्व की वायु से निश्चय ही पृथ्वी अनाज से पूर्ण होती है।।५०।।

आषाढस्य सिते पक्षे नवम्यां यदि वर्षति।
वर्षत्येव तदा देवस्तत्रावृष्टौ कुतो जलम्।।५१।।

आषाढ़ महीने के शुक्लपक्ष की नवमी को यदि वर्षा हो तो यथासमय वर्षा होती है। उक्त अवसर पर वर्षा न होने पर जल कहाँ से होगा ? अर्थात् वर्षा नहीं होगी।।५१।।

शुक्लाषाढ्यां नवम्यामुदयगिरितटी निर्मलत्वं प्रयाति
स्वीयं कायं विधत्ते खरतनुकिरणो मण्डलाकारयोगम्।
जीमूतैर्वेष्टितोऽसौ यदि भवति रविर्गम्यमानेऽस्तशैले
तावत्पर्यन्तमेव प्रगलति जलदो यावदन्तं तुलायाः।।५२।।

आषाढ़ शुक्ल नवमी को पूर्व दिशा निर्मल रहे, तीव्र किरणों से युक्त सूर्य अपना स्वाभाविक मण्डलाकार शरीर धारण करे तथा सूर्यास्त के समय जब वह मेघों से आवृत रहे तो सूर्य के तुला राशि में अन्त तक जाने के समय तक मेघ वर्षा करेंगे।।५२।।

श्रावणवृष्टिलक्षण् –

रोहिण्यां श्रावणे मासि यदि वर्षति वासवः।
तदा वृष्टिर्भवेत्तावद् यावन्नोत्तिष्ठते हरिः।।५३।।

श्रावण मास की वृष्टि का लक्षण– यदि श्रावण के महीने में रोहिणी नक्षत्र में मेघ जल की वर्षा करे तो उस समय तक वर्षा होगी जब तक हरि नहीं उठते अर्थात् देवोत्थान (कार्तिकशुक्ल) एकादशी तक वर्षा होगी।।५३।।

कर्कटे रोहिणीऋक्षे यदि वृष्टिर्न जायते।
तदा पराशरः प्राह हा हा लोकस्य का गतिः?।।५४।।

यदि कर्क राशि में रोहिणी नक्षत्र के समय वर्षा न हो तो पराशर कहते हैं कि 'हाय हाय' प्राणियों की क्या गति होगी ?।।५४।।

श्रावणे मासि रोहिण्यां न भवेद्वर्षणं यदि।
विफलारम्भसंक्लेशास्तदा स्युः कृषिवृत्तयः।।५५।।

श्रावण के महीने में रोहिणी नक्षत्र के समय यदि वर्षा न हो तो कृषि कर्म प्रारम्भ करने का परिश्रम व्यर्थ हो जाता है।।५५।।

सद्यो वृष्टिज्ञानम् –

जलस्थो जलहस्तो वा निकटेऽथ जलस्यं वा।
प्रष्टा पृच्छति वृष्ट्यर्थं वृष्टिः संजायतेऽचिरात्।।५६।।

जल के भीतर स्थित होकर या हाथ में जल लेकर अथवा जल के समीप में यदि कोई वृष्टिविषयक प्रश्न करे तो अविलम्ब वर्षा होती है।।५६।।

उत्तिष्ठत्यण्डमादाय यदा चैव पिपीलिका।
भेकः शब्दायतेऽकस्मात् तदा वृष्टिर्भवेद् ध्रुवम्।।५७।।

चीटियाँ यदि अण्डा लेकर निकलें तथा अकस्मात् मेढक शब्द करने लगें तो निश्चय ही वर्षा होगी।।५७।।

विडाला नकुलाः सर्पा ये चान्ये वा विलेशयाः।
धावन्ति शलभा मत्ताः सद्यो वृष्टिर्भवेद् ध्रुवम्।।५८।।

यदि विडाल, नेवले, सर्प एवं बिलों में रहने वाले दूसरे प्राणी तथा शलभ मतवाले होकर दौड़ें तो निश्चय ही शीघ्र वर्षा होगी।।५८।।

कुर्वन्ति बालका मार्गे धूलिभिः सेतुबन्धनम्।
मयूराश्चैव नृत्यन्ति सद्यो वृष्टिर्भवेद् ध्रुवम्।।५९।।

यदि मार्ग में लड़के धूलि से सेतुबन्धन करें एवं मयूर नृत्य करें तो निश्चय ही शीघ्र वर्षा होगी।।५९।।

आघातवातदुष्टानां नृणामङ्गे व्यथा यदि।
वृक्षाग्रारोहणं चाहेः सद्योवर्षणलक्षणम्।।६०।।

यदि चोट एवं वात से पीड़ित मनुष्यों के शरीर में पीड़ा होने लगे एवं सर्प वृक्ष की चोटी पर चढ़े तो यह शीघ्र वर्षा का लक्षण है।।६०।।

पक्षयोः शोषणं रौद्रे खगानामम्बुचारिणाम्।
झिन्झीरवस्तथाकाशे सद्यो वर्षणलक्षणम्।।६१।।

जलचारी पक्षियों का धूप में पंखों का सुखाना तथा आकाश में झिल्ली की झङ्कार का व्याप्त होना शीघ्र वर्षा का लक्षण है।।६१।।

अथ ग्रहसञ्चारे वृष्टिज्ञानम् –

चलत्यङ्गारके वृष्टिर्ध्रुवा वृष्टिः शनैश्चरैः।
वारिपूर्णां महीं कृत्वा पश्चात् संचरतेः गुरुः।।६२।।

ग्रह के संचारवश वृष्टि का ज्ञान– मङ्गल एवं शनि के (एक राशि से दूसरी पर) जाने के समय निश्चय ही वर्षा होती है। बृहस्पति पृथ्वी को जलपूर्ण करके संक्रमण करता है।।६२।।

ग्रहणामुदये चास्ते तथा वक्रातिचारयोः।
प्रायो वर्षन्ति हि घना नृपाणामुद्यमेषु च।।६३।।

ग्रहों के उदय, अस्त, वक्र एवं अतिचार गति होने पर तथा राजाओं के उद्यम के समय प्रायः मेघ वर्षा करते हैं।।६३।।

चित्रा मध्यगते जीवे भिन्नभाण्डमिव स्त्रवेत्।
ततः स्वातिं समासाद्य महामेघान् विमुञ्चति।।६४।।

बृहस्पति के चित्रा नक्षत्र के मध्य में होने पर मेघों से इस प्रकार वर्षा होती है जैसे फूटे बर्तन से जल का स्राव होता है। तदुपरान्त स्वाती नक्षत्र में गुरु के जाने पर वह महामेघों को छोड़ता है।।६४।।

पुष्येणोपचितान् मेघान् स्वातिरेका व्यपोहति।
श्रवणे जनितं वर्षं रेवत्येका विमुञ्चति।।६५।।

एक मात्र स्वाती नक्षत्र ही पुष्यनक्षत्र में पुष्ट हुए मेघों को मुक्त करता है एवं एकमात्र रेवती नक्षत्र श्रवण में उत्पन्न मेघों को मुक्त करता है।।६५।।

अनावृष्टिलक्षणम् –

ध्रुवे च वैष्णवे हस्ते मूले शक्रे चरन् कुजः।
सद्यः करोत्यनावृष्टिं कृत्तिकासु मघासु च।।६६।।

अनावृष्टि का लक्षण– मंगल जब उत्तरा फाल्गुनी, उत्तराषाढ़ा, उत्तराभाद्रपदा, रोहिणी, श्रवण, हस्त, मूल, ज्येष्ठा, कृत्तिका एवं मघा नक्षत्र पर जाता है तो तत्काल अनावृष्टि करता है।।६६।।

कुजपृष्ठगतो भानुः समुद्रमपि शोषयेत्।
स एव विपरीतस्तु पर्वतानपि प्लावयेत्।।६७।।

मंगल के पृष्ठभाग की ओर गया हुआ सूर्य समुद्र को भी सुखा देता है। उसके विपरीत अर्थात् मंगल के सम्मुख होने पर वही सूर्य पर्वतों को भी प्लावित कर देता है।।६७।।

सद्यो निकृन्तयेद्वृष्टिं चित्रामध्यगतो भृगुः।
अङ्गारको यदा सिंहे तदाङ्गारमयी मही।।६८।।

स एव रविणा युक्तः समुद्रमपि शोषयेत्।।६९।।

चित्रा नक्षत्र के मध्य में गया हुआ शुक्र शीघ्र वृष्टि का नाश करता है। मंगल जब सिंह राशि में रहता है तो पृथ्वी अंगारमयी हो जाती है। सूर्य से युक्त होने पर वही (मंगल) समुद्र को भी सुखा देता है।।६८-६९।।

* * *

३. कृषिखण्डः

कृष्यवेक्षणम् –

फलत्यवेक्षिता स्वर्णं दैन्यं सैवानवेक्षिता।
कृषिः कृषिपुराणज्ञ इत्युवाच पराशरः।।१।।

कृषि की देखभाल– कृषि पुराण के ज्ञाता पराशर ने कहा है कि देख-भाल की गयी खेती सोना उत्पन्न करती है एवं बिना देख-भाल की वही कृषि दैन्य (निर्धनता) देने वाली होती है।।१।।

अन्ये मनुयः –

पितुरन्तःपुरं दद्यान्मातुर्दद्यान्महानसम्।
गोषु चात्मसमं दद्यात् स्वयमेव कृषिं व्रजेत् ।।२।।

अन्य ऋषियों ने भी कहा है– पिता को अन्तःपुर सौंप दें, माता को रसोईघर का अधिकार प्रदान करे, अपने तुल्य व्यक्ति को पशुओं की देख-भाल का अधिकारी बनाये किन्तु कृषि की देख-भाल के लिए स्वयं ही जायें।।२।।

कृषिर्गावो वणिग्विद्याः स्त्रियो राजकुलानि च।
क्षणेनैकेन सीदन्ति मुहूर्तमनवेक्षणात्।।३।।

खेती, गायें, व्यापारिक ज्ञान, स्त्रियाँ एवं राजकुल ये सभी मूहुर्त भर की उपेक्षा (बिना देख-भाल) से क्षणमात्र में ही कष्ट पा जाते हैं।।३।।

समर्थेन कृषिः कार्या लोकानां हितकाम्यया।
असमर्थो हि कृषको भिक्षां प्राप्नोति मानवः।।४।।

प्राणियों के हित की कामना से समर्थ पुरुष को कृषि करनी चाहिए। खेती करने वाला असमर्थ व्यक्ति भिक्षा ही प्राप्त करता है।।४।।

गोहितः क्षेत्रगामी च कालज्ञो बीजतत्परः।
वितन्द्रः सर्वशस्याढ्यः कृषको नावसीदति।।५।।

गोवंश का हित करने वाला, खेत पर जाने वाला, काल का ज्ञाता, बीज का ध्यान रखने वाला एवं आलस्य रहित किसान सभी प्रकार के अनाज से सम्पन्न होने के कारण दुःख नहीं पाता।।५।।

वाहकविधानम् –

कृषिं च तादृशीं कुर्यात् यथा वाहान्न पीडयेत्।
वाहपीडार्जितं शस्यं गर्हितं सर्वकर्मसु।।६।।

वाहकपशु सम्बन्धी नियम– खेती इस प्रकार करनी चाहिए जिससे वाहक-बैलों को पीड़ा न हो। वाहकों की पीड़ा से प्राप्त किया गया अनाज सभी कर्मों में निन्दित है।।६।।

वाहपीडार्जितं शस्यं फलितं च चतुर्गुणम्।
वाहनिःश्वासवातेन तद् द्रुतं च विनश्यति।।७।।

वाहक-पशु की पीड़ा से प्राप्त अनाज चौगुना फलने पर भी वाहक-पशु के निःश्वास वायु से शीघ्र ही नष्ट हो जाता है।।७।।

गुणकैर्यवसैर्धूमैस्तथान्यैरपि पोषणैः।
वाहाः क्वचिन्न सीदन्ति सायं प्रातश्च चारणात्।।८।।

गुड़, चारा (यवस), धूम्र एवं अन्य पोषक पदार्थों को देने से तथा सायं प्रातः चराने से वाहक-पशु कभी पीड़ित नहीं होते।।८।।

गोशाला सुदृढा यस्य शुचिर्गोमयवर्जिता।
तस्य वाहा विवर्द्धन्ते पोषणैरपि वर्जिताः।।९।।

जिसकी गोशाला सुदृढ़, पवित्र एवं गोमय से रहित होती है उसके वाहक-पशु बिना पोषक पदार्थों के भी बढ़ते रहते हैं।।९।।

गोशकृन्मूत्रलिप्ताङ्गा वाहा यत्र दिने-दिने।
निःसरन्ति गवां स्थानात् तत्र किं पोषणादिभिः।।१०।।

जहाँ अंग में गोबर एवं मूत्र लिपटे हुए वाहक-पशु गोशाला से बाहर निकलते हों वहाँ पोषक पदार्थों से भी क्या होगा ?।।१०।।

पञ्चपदा तु गोशाला गवां वृद्धिकरी स्मृता।
सिंहगेहे कृता सैव गोनाशं कुरुते ध्रुवम्।।११।।

पाँच पदों की गोशाला गायों की वृद्धि करने वाली होती है। वही यदि सिंह गृह (सूर्य के सिंह राशि) में होने पर बनवायी जाती है तो निश्चय ही पशुओं का नाश करती है। [वास्तु शास्त्र में पाँच पद ब्रह्मा के कहे गये हैं]।।११।।

कांस्यं कांस्योदकं चैव तप्तमण्डं झपोदकम्।
कार्पासशोधनं चैव गोस्थाने गोविनाशकृत्।।१२।।

गोशाले में काँसे का पात्र, काँसे के बर्तन का जल, गरम मण्ड (माँड़), जिससे मछली धोई गई हो वह जल तथा कपास का शोधन (विनौला) गायों का नाश करता है।।१२।।

संमार्जनीं च मुसलमुच्छिष्टं गोनिकेतने।
कृत्वा गोनाशमाप्नोति तत्राजबन्धनाद् ध्रुवम्।।१३।।

गोशाला में झाड़ू, मूसल एवं उच्छिष्ट (जूठ) अन्न रखने तथा बकरी बाँधने से निश्चय ही गायों का नाश होता है।।१३।।

गोमूत्रजालकेनैव यत्रावस्करमोचनम्।
कुर्वन्ति गृहमेधिन्यस्तत्र का वाहवासना?।।१४।।

गृहस्थ लोग जहाँ गोमूत्र से ही गोबर की सफाई करते हों वहाँ वाहक-पशुओं की क्या आशा हो सकती है? यह पशु प्रेम नहीं है।।१४।।

विलब्धिं गोमयस्यापि रविभौमशनेर्दिने।
न कारयेद् भ्रमेणापि गोवृद्धिं यदि वाञ्छति।।१५।।

यदि गोवंश की वृद्धि की इच्छा हो तो भ्रम से भी रवि, मंगल एवं शनि के दिन गोबर (किसी अन्य व्यक्ति को) न दें (अथवा अन्यत्र न भेजें)।।१५।।

वारत्रयं परित्यज्य दद्यादन्येषु गोमयम्।
शनिभौमार्कवारेषु गवां हानिकरः स्मृतः।।१६।।

तीन दिनों को छोड़कर अन्य दिनों में (किसी को) गोबर देना चाहिए। शनि, मंगल एवं रविवार के दिन गोबर देना गायों के लिए हानिकर कहा गया है।।१६।।

सन्ध्यायां तु गवां स्थाने दीपो यत्र न दीयते।
स्थानं तत् कमलाहीनं वीक्ष्य क्रन्दन्ति गोगणाः।।१७।।

सन्ध्या के समय जहाँ गायों के स्थान में दीपक नहीं जलाया जाता उस लक्ष्मीहीन स्थान को देखकर गायें क्रन्दन करती हैं।।१७।।

हलमष्टगवं प्रोक्तं षड्गवं व्यवहारिकम्।
चतुर्गवं नृशंसानां द्विगवं तु गवाशिनाम्।।१८।।

एक हल में आठ बैल का होना कहा गया है। व्यावहारिक रूप से एक हल में छः बैल हो सकता है। क्रूर लोग एक हल के लिए चार बैल रखते हैं एवं गो भक्षक (अत्यन्त क्रूर) लोग एक हल के लिए दो बैल रखते हैं।।१८।।

नित्यं दशहले लक्ष्मीर्नित्यं पञ्चहले धनम्।
नित्यं तु त्रिहले भक्तं नित्यमेकहले ऋणम्।।१९।।

दस हलों के रहने पर नित्य लक्ष्मी रहती है, पाँच हलों के होने पर नित्य धन होता है, तीन हलों के होने पर नित्य भोजन मात्र की उपलब्धि होती है तथा एक हल के होने पर सदा ऋण होता रहता है।।१९।।

आत्मपोषणमात्रं तु द्विहलेन च सर्वदा।
पितृदेवातिथीनाञ्च नान्नदाने भवेत् क्षमः।।२०।।

दो हल से सदा अपना पोषणमात्र होता है। (दो हल की खेती करने वाला व्यक्ति) पितरों, देवों एवं अतिथियों के निमित्त अन्न दान करने में समर्थ नहीं हो पाता।।२०।।

गोपर्वकथनम् –

गोपूजां कार्तिके कुर्याल्लगुडप्रतिपत्तिथौ।
बद्ध्वा श्यामलतां शृंगे लिप्त्वा तैलं हरिद्रया।।२१।।

गोपर्व का वर्णन–.कार्तिक मास में लगुड-प्रतिपदा को गायों की सींग में श्यामलता बाँधकर एवं (गायों को) तेल और हल्दी से लिप्त कर गोपूजन करना चाहिए।।२१।।

कुङ्कुमैश्चन्दनैश्चापि कृत्वा चाङ्गे विलेपनम्।
उद्यम्य लगुडं हस्ते गोपालाः कृतभूषणाः।।२२।।

ततो वाद्यैश्च गीतैश्च मण्डयित्वाम्बरादिभिः।
भ्रामयेयुर्वृषं मुख्यं ग्रामे गोविघ्नशान्तये।।२३।।

गोपालक जन गायों के विघ्न की शान्ति हेतु अपने शरीर में कुङ्कुम् और चन्दन का लेपकर तथा आभूषण आदि धारण करें। अपने हाथ से लाठी उछालते हुए वस्त्र आदि से मुख्य बैल को सजाकर गाने-बाजे के साथ उसे गाँव में घुमायें।।२२-२३।।

गवामङ्गे ततो दद्यात् कार्तिकप्रथमे दिने।
तैलं हरिद्रया युक्तं मिलित्वा कृषकैः सह।।२४।।

तदनन्तर किसानों के साथ मिलकर कार्तिक के प्रथम दिन हल्दी मिला हुआ तेल गायों के अङ्ग में लगायें।।२४।।

तप्तलौहं दिने तस्मिन् गवामङ्गेषु दापयेत्।
छेदनं च प्रकुर्वीत लांगूलकचकर्णयोः।।२५।।

उसी दिन गायों के अङ्ग पर तपे हुए लोहे का स्पर्श करायें तथा उनकी पूँछ के बालों एवं कानों का छेदन करें।।२५।।

सर्वा गोजातयः सुस्था भवन्त्येतेन तद्गृहे।
नानाव्याधिविनिर्मुक्ता वर्षमेकं न संशयः।।२६।।

ऐसा करने से उसके (अर्थात् इन नियमों का पालन करने वाले कृषक के) घर का समस्त गोवंश एक वर्ष तक निस्सन्देह स्वस्थ एवं अनेक प्रकार की व्याधियों से मुक्त रहता है।।२६।।

गोयात्राप्रवेशौ –

पूर्वात्रयं धनिष्ठा च इन्द्राग्निसौम्यवारुणाः।
एते शुभप्रदा नित्यं गवां यात्राप्रवेशयोः।।२७।।

गौ की यात्रा एवं उनका प्रवेश– तीनों पूर्वा अर्थात् पूर्वाफाल्गुनी, पूर्वाषाढ़ा और पूर्वाभाद्रपदा, धनिष्ठा, ज्येष्ठा, कृत्तिका, मृगशिरा एवं शतभिषक् ये सभी नक्षत्र, गायों की यात्रा एवं प्रवेश के लिए प्रशस्त हैं।।२७।।

त्रिषूत्तरेषु रोहिण्यां सिनीवाली चतुर्दशी
पुष्यश्रवणहस्तेषु चित्रायामष्टमीषु च।।२८।।
गवां यात्रां न कुर्वीत प्रस्थानं वा प्रवेशनम्
पशवस्तस्य नश्यन्ति ये चान्ये तृणचारिणः।।२९।।

तीनों उत्तरा अर्थात् उत्तराफाल्गुनी, उत्तराषाढ़ा एवं उत्तराभाद्रपदा, रोहिणी में सिनीवाली अर्थात् चन्द्रमा दिखलाई पड़ने वाली अमावस्या एवं चतुर्दशी तिथि को तथा पुष्य, श्रवण, हस्त एवं चित्रा नक्षत्रों में अष्टमी तिथि को भी गोवंश की यात्रा, प्रस्थान या प्रवेश नहीं कराना चाहिए। ऐसा करने वाले व्यक्ति के सभी पशु एवं अन्य तृणभक्षी प्राणी नष्ट हो जाते हैं।।२८–२९।।

विशेष– अमावस्या तीन प्रकार की कही गई है– १. सिनीवाली, २. कुहू, ३. दर्श। तीनों के लक्षण वायुपुराण के ६१–५६ अध्याय में इस प्रकार बताये गये हैं–

१. सिनीवाली–

सिनीवाली प्रमाणेन क्षीणशेषो निशाकरः।
अमावस्यां विशत्यर्कं सिनीवाली ततः स्मृता।।

'सिनीवाली' इस प्रमाणतुल्य (उच्चारण काल पर्यन्त) क्षीणचन्द्र रहने के पश्चात् यदि सूर्य-चन्द्रमा की युति होती है तो उसे सिनीवाली अमावस्या कहते हैं।

२. कुहू–

कुहेति कोकिलेनोक्तो यः कालः परिचिह्नितः।
तत्कालसंज्ञिता यस्माद् अमावस्या कुहू स्मृता।।

कोकिला के 'कुहू' उच्चारण में जितना काल होता है उसके अनन्तर (सूर्य-चन्द्रमा की युति) अमावस्या होती है तो उसे 'कुहू' कहते हैं।

३. दर्श–

विच्छिन्नां ताममावस्यां पश्यतश्च समागतौ।
अन्योन्यं चन्द्रसूर्यौ तौ यदा तद्दर्श उच्यते।।

अर्थात् जिस अमावस्या में सूर्य और चन्द्र एक-दूसरे को देखते हुए समागम करते हों (एक ही राशि पर) आते हों। उस अमावस्या को दर्श कहते हैं।

अर्कार्किकुजवारेषु गवां यात्राप्रवेशयोः।
गमने गोविनाशः स्यात् प्रवेशे गृहिणो वधः।।३०।।

रविवार, मंगलवार एवं शनिवार को गोवंश की यात्रा एवं प्रवेश दोनों वर्जित है। गमन से गोविनाश तथा प्रवेश से घर के स्वामी की मृत्यु होती है।।३०।।

गोमयकूटोद्धारः–

माघे गोमयकूटं तु सम्पूज्य श्रद्धयान्वितः।
शोभने दिवसे ऋक्षे कुद्दारैस्तोलयेत्ततः।।३१।।

गोबर की ढेर का उठाना– माघ के महीने में सुन्दर दिन एवं नक्षत्र के समय श्रद्धापूर्वक गोबर की ढेर का पूजन कर कुदाल से उसे उठाये।।३१।।

रौद्रे संशोष्य तत् सर्वं कृत्वा गुण्डकरूपिणम्।
फाल्गुने प्रतिकेदारे सारं गर्ते निधापयेत्।।३२।।

धूप में सुखाने के उपरान्त उसे चूर्ण के रूप में बनाकर फाल्गुन के महीने में प्रत्येक खेत में बने हुए गड्डे में उस खाद (सार) को रख दें।।३२।।

ततो वपनकाले तु कुर्यात् सारविमोचनम्।
विना सारेण यद्धान्यं वर्द्धते फलवर्जितम्।।३३।।

तदनन्तर बीज बोने के समय खाद को (गड्ढे) से बाहर निकालना (खेत में फैलाना) चाहिए। बिना खाद के जो धान्य बढ़ता है वह फल-रहित होता है।।३३।।

हलसामग्रीकथनम् –

ईषायुगहलस्थाणुर्निर्योलस्तस्य पाशिका:।
अड्डुचल्लश्च शौलश्च पच्चनी च हलाष्टकम्।।३४।।

हल की सामग्री का वर्णन– ईषा[१], युग[२], हलस्थाणु[३], निर्योल[४], उसकी पाशिकायें[५], अड्डुचल्ल[६], शौल[७], और पच्चनी ये हल के आठ अङ्ग हैं।।३४।।

पञ्चहस्ता भवेदीषा स्थाणुः पञ्चवितस्तिकः।
सार्द्धहस्तस्तु निर्योलो युगं कर्णसमानकम्।।३५।।

ईशा पाँच हाथ की होती है, स्थाणु पाँच वितस्ति अर्थात् पाँच बित्ते की, निर्योल डेढ़ हाथ का एवं युग कान के बराबर अर्थात् पशु के कानों तक पहुँचने वाला होता है।।३५।।

निर्योलः पाशिका अड्डुचल्लस्तथैव च।
द्वादशाङ्गुलमानौ तु शौलोऽरत्निप्रमाणकः।।३६।।

निर्योल की पाशिका एवं अड्डुचल्ल ये दोनों बारह-बारह अङ्गुल के होते हैं तथा शौल अरत्नि के बराबर होता है।।३६।।

सार्द्धद्वादशमुष्टिर्वा कार्या वा नवमुष्टिका।
दृढा पच्चनिका ज्ञेया लौहाग्रा वंशसम्भवा।।३७।।

लौह के अग्रभाग वाली बाँस की बनी सुदृढ़ पच्चनिका साढ़े बारह मुट्ठी अथवा नव मुट्ठियों की होती है।।३७।।

आबद्धो मण्डलाकारश्चतुःपञ्चाशदङ्गुलः।
योत्रं हस्तचतुष्कं स्यात् रज्जुः पञ्चकरात्मिका।।३८।।

मण्डलाकार आबद्ध अर्थात लदहा चौवन अङ्गुल का होता है। योत्र अर्थात् जोती चार हाथ की एवं रस्सी पाँच हाथ की होती है।।३८।।

पञ्चाङ्गुल्यधिको हस्तो हस्तो वा फालकः स्मृतः।
अर्कस्य पत्रसदृशी फालिका तु नवाङ्गुला।।३९।।

टिप्पणी– १. हल का डण्डा, २. जूआ, ३. हल, ४. लागन, ५. पाट, ६. कील (बरइन), ७. मूँठ, ८. लूगा।

फालक अर्थात् फार एक हाथ पाँच अङ्गुल अथवा एक हाथ का कहा गया है। मदार के पत्ते के आकार की फालिका नव अङ्गुल की होती है।।३९।।

एकविंशतिशल्यस्तु विद्धकः परिकीर्तितः।
नवहस्ता तु मदिका प्रशस्ता सर्वकर्मसु।।४०।।

व्द्धिक में इक्कीस काँटे कहे गये हैं एवं नव हाथ की मदिका सभी कार्यों में प्रशस्त होती है।।४०।।

इयं हि हलसामग्री पराशरमुनेर्मता।
सुदृढा कृषकैः कार्या शुभदा सर्वकर्मसु।।४१।।

कृषकों को पराशर मुनि के मतानुसार इस प्रकार की सुदृढ़ हल सामग्री का निर्माण कराना चाहिए। यह सभी कार्यों में कल्याण देने वाली होती है।।४१।।

अदृढायुक्तमाना या सामग्री वाहनस्य च।
विघ्नं पदे पदे कुर्यात् कर्षकाले न संशयः।।४२।।

जो सामग्री शिथिल (कमजोर) एवं अनुचित माप की होती है उससे निश्चय ही खेती (जुताई) के समय बैलों को पग-पग पर विघ्न उत्पन्न करती है।।४२।।

हलप्रसारणम् –

अनिलोत्तररोहिण्यां मृगमूलपुनर्वसौ।
पुष्यश्रवणहस्तासु कुर्याद्धलप्रसारणम्।।४३।।

हल प्रसारण– स्वाती, उत्तराफाल्गुनी, उत्तराषाढ़ा, उत्तराभाद्रपदा, रोहिणी, मृगशिरा, मूल, पुनर्वसु, पुष्य, श्रवण एवं हस्त नक्षत्रों में हल चलाना चाहिए।।४३।।

हलप्रसारणं कार्यं कृषकैः शस्यवृद्धये।
शुक्रेन्दुजीववारेषु शशिजस्य विशेषतः।।४४।।

अनाज की वृद्धि के लिये कृषकों को शुक्र, सोमवार एवं गुरुवार को तथा विशेष कर बुध के दिन हल चलाना चाहिए।।४४।।

भौमार्कदिवसे चैव तथा च शनिवासरे।
कृषिकर्मसमारम्भो राज्योपद्रवमादिशेत्।।४५।।

मंगल, रविवार तथा शनिवार के दिन कृषि कर्म का प्रारम्भ होना राज्य सम्बन्धी उपद्रव का सूचक होता है।।४५।।

दशम्येकादशी चैव द्वितीया पञ्चमी तथा।
त्रयोदशी तृतीया च सप्तमी च शुभावहा।।४६।।

दशमी, एकादशी, द्वितीया, पंचमी, त्रयोदशी, तृतीया एवं सप्तमी तिथियाँ (कृषिकर्म के आरम्भ में) शुभप्रद होती हैं।।४६।।

शस्यक्षयः प्रतिपदि द्वादश्यां बधबन्धनम्।
बहुविघ्नकरी षष्ठी कुहूः कर्षकनाशिनी।।४७।।

प्रतिपदा को (कृषिकर्म का आरम्भ होने पर) अनाज का क्षय होता है, द्वादशी के दिन बध एवं बन्धन होता है, षष्ठी तिथि अनेक प्रकार का विघ्न करने वाली होती है और कुहू अर्थात् चन्द्र कला से रहित अमावस्या हल चलाने वाले का नाश करने वाली होती है।।४७।।

हन्त्यष्टमी बलीवर्दान्नवमी सस्यघातिनी।
चतुर्थी कीटजननी पतिं हन्ति चतुर्दशी।।४८।।

अष्टमी बैलों को मारती है एवं नवमी तिथि अनाज का विनाश करने वाली होती है। चतुर्थी तिथि कीड़ों को पैदा करती है तथा चतुर्दशी तिथि खेत के स्वामी को मारती है।।४८।।

वृषे मीने च कन्यायां युग्मे धनुषि वृश्चिके।
एतेषु शुभलग्नेषु कुर्याद्धलप्रसारणम्।।४९।।

वृष, मीन, कन्या, मिथुन, धनु एवं वृश्चिक इन सभी शुभ लग्नों में हल जोतना चाहिए।।४९।।

मेषलग्ने पशुं हन्यात् कर्कटे जलजाद्भयम्।
सिंहे सर्पभयं चैव कुम्भे चौरभयं तथा।।५०।।

मेष लग्न में (हल जोतना) पशुओं को मारता है, कर्क लग्न में जलीय जन्तुओं से भय होता है, सिंह लग्न में सर्प का भय होता है तथा कुम्भ लग्न में चोरों का भय होता है।।५०।।

मकरे सस्य नाशः स्यात् तुलायां प्राणसंशयः।
तस्माल्लग्नं प्रयत्नेन कृष्यारम्भे विचारयेत्।।५१।।

मकर लग्न में अनाज का विनाश होता है एवं तुला लग्न में प्राण का संशय होता है। अतः कृषिकर्म का आरम्भ करने में प्रयत्न पूर्वक लग्न का विचार करना चाहिए।।५१।।

शुभेऽर्के चन्द्रसंयुक्ते शुक्लयुग्मेन वाससा।
स्नात्वा गन्धैश्च पुष्पैश्च पूजयित्वा यथाविधि।।५२।।

पृथिवीं ग्रहसंयुक्तां पृथुं चैव प्रजापतिम्।
अग्नेः प्रदक्षिणं कृत्वा भूरि दत्त्वा च दक्षिणाम्।।५३।।

फालाग्रं स्वर्णसंयुक्तं कृत्वा च मधुलेपनम्।
अहेः क्रोडे वामपार्श्वे कुर्याद्धलप्रसारणम्।।५४।।

चन्द्रमा से युक्त सूर्य के शुभ-होने के समय स्नानोपरान्त एक जोड़ा सफेद वस्त्र धारण कर विधिपूर्वक गन्ध एवं पुष्पों से ग्रहों के साथ पृथ्वी, प्रजापति तथा पृथु का पूजन एवं अग्नि की प्रदक्षिणा कर पर्याप्त दक्षिणा देकर सर्प के क्रोड अर्थात् अहिबल चक्र के वाम भाग में हल चलाना चाहिए।।५२-५४।।

स्मर्तव्यो वासवः शुक्रः पृथुःरामः पराशरः।
संपूज्याग्निं द्विजं देवं कुर्याद्धलप्रसारणम्।।५५।।

इन्द्र, शुक्र, पृथु, राम एवं पराशर का स्मरण कर तथा अग्नि, द्विज और देवता का पूजन कर हल प्रसारण करे।।५५।।

कृष्णौ वृषौ हलश्लाघ्यौ रक्तौ वा कृष्णलोहितौ।
मुखपार्श्वौ तयोर्लेप्यौ नवनीतैर्घृतेन वा।।५६।।

काले, लाल अथवा काले और लाल रंग के बैलों की जोड़ी हल के लिये प्रशस्त होती हैं। हल में जुतने वाले दोनों बैलों के मुख और पार्श्व के भागों में मक्खन अथवा घृत का लेप करना चाहिए।।५६।।

उत्तराभिमुखो भूत्वा क्षीरेणार्घ्यं निवेदयेत्।
शुक्लपुष्पसमायुक्तं दधिक्षीरसमन्वितम्।।५७।।
''सुवृष्टिं कुरु देवेश! गृहाणार्घ्यं शचीपते''

(शची के स्वामी देवेन्द्र! अर्घ्य ग्रहण कर सुन्दर वृष्टि करो) इस मन्त्र से उत्तर दिशा की ओर मुख करके दही, दूध और श्वेत पुष्प मिले दूध से अर्घ्य प्रदान करें।।५७।।

निविष्टो विष्टरे भक्तः संस्थाप्य जानुनी क्षितौ।
प्रणमेद् वासवं देवं मन्त्रेणानेन कर्षकः।।
निर्विघ्नां सस्यसम्पत्तिं कुरुदेव! नमोस्तुते।।५८।।

भक्तिपूर्वक आसन पर बैठक कर तथा घुटनों को भूमि पर रखकर खेत जोतने वाला व्यक्ति "निर्विघ्नां सस्यसम्पत्तिं कुरु देव! नमोऽस्तुते" (अर्थात् हे देव! अनाज की सम्पत्ति को विघ्नरहित करो। आपको नमस्कार है।) इस मन्त्र से इन्द्र देव को प्रणाम करे।।५८।।

ततो दद्याच्च नैवेद्यं घृतपूर्णं प्रदीपकम्।
सस्यसम्पत्तयेऽवश्यं सघनाय मरुत्वते।।५९।।

तदुपरान्त अनाज की सम्पत्ति के लिए अवश्य ही मेघों सहित मरुद्गण को नैवेद्य एवं घृतपूर्ण दीप प्रदान करें।।५९।।

वसुधे! हेमगर्भासि शेषस्योपरिशायिनी।
चराचरधृते देवि देहि मे वाञ्छितं फलम्।।६०।।

हे स्वर्णगर्भा वसुधा देवी! आप शेषनाग के ऊपर शयन करने वाली हैं। चर एवं अचर को धारण करने वाली हे देवी! मुझे इच्छित फल प्रदान करें। [तदनन्तर "वसुधे इत्यादि" इस मन्त्र का पाठ करे]।।६०।।

वृषो व्यर्थकटिर्वर्ज्यश्छिन्नलांगूलकर्णकः।
सर्वशुक्लस्तथा वर्ज्यः कृषकैर्हलकर्मणि।।६१।।

जिस बैल की कटि व्यर्थ हो गई हो, जिसकी पूँछ एवं कान कटे हों तथा जो पूर्णतया शुक्ल वर्ण का हो ऐसे बैल को किसान हल जोतने के काम न लायें।।६१।।

छिन्नरेखा न कर्तव्या यथा प्राह पराशरः।
एका तिस्रस्तथा पञ्च हलरेखाः प्रकीर्तिताः।।६२।।

पराशर के कथनानुसार टूटी हुई हल की रेखा न करनी चाहिए। एक, तीन या पाँच हल की रेखायें बतलाई गयी हैं।।६२।।

एका जयकरी रेखा तृतीया चार्थसिद्धिदा।
पञ्चसंख्या तु या रेखा बहुशस्यप्रदायिनी।।६३।।

एक रेखा जय देने वाली होती है, तीन रेखायें अर्थ सिद्धि देती हैं तथा पाँच संख्या वाली रेखा बहुत अनाज देने वाली होती हैं।।६३।।

हलं प्रवहमाणं तु कूर्ममुत्पाटयेद् यदि।
गृहिणी म्रियते तस्य तथा चाग्निभयं भवेत्।।६४।।

हल जोतते समय यदि (कूर्म) उत्पाटित (टूट) हो जाय तो उस कृषक की पत्नी मर जाती है तथा अग्नि का भय होता है।।६४।।

फालोत्पाटे च भग्ने च देशत्यागो भवेद्ध्रुवम्।
लाङ्गलं भिद्यते वापि प्रभुस्तत्र विनश्यति।।६५।।

फाल के उखड़ जाने और टूट जाने पर भी निश्चय देशत्याग करना पड़ता है अथवा हल के टूट जाने पर क्षेत्र के स्वामी का विनाश होता है।।६५।।

ईषाभङ्गो भवेद्वापि कृषकप्राणनाशकः।
भ्रातृनाशो युगे भग्ने शौले च म्रियते सुतः।।६६।।

अथवा ईषा अर्थात हल का दण्ड टूटने से कृषक के प्राणों का विनाश होता है, जुआ के टूटने से भाई का नाश होता है तथा शौल के टूटने से पुत्र की मृत्यु होती है।।६६।।

योत्रच्छेदे तु रोगः स्यात् सस्यहानिश्च जायते।
निपाते कर्षकस्यापि कष्टं स्याद्राजमन्दिरे।।६७।।

योत्र के टूटने से रोग और अनाज की हानि होती है। जोतने वाले के गिर जाने पर राजा के घर में कष्ट होता है।।६७।।

हलप्रवाहकाले तु गौरेकः प्रपतेद् यदि।
ज्वरातिसाररोगेण मानुषो म्रियते ध्रुवम्।।६८।।

हल जोतने के समय यदि एक बैल गिर जाय तो ज्वर और अतिसार के रोग से निश्चय ही मनुष्य की मृत्यु होती है।।६८।।

हले प्रवाहमाणे तु वृषो धावन् यदा व्रजेत्।
कृषिभङ्गो भवेत्तस्य पीडा वापि शरीरजा।।६९।।

हल जोतते समय यदि बैल दौड़ते हुए चलता है तो उसकी खेती का नाश अथवा शारीरिक पीड़ा होती है।।६९।।

हलप्रवाहमात्रं तु गौरेको नर्दते यदा।
नासालीढां प्रकुर्वीत तदा सस्यं चतुर्गुणम्।।७०।।

हल जोतते ही यदि एक बैल शब्द करने लगे एवं नासिका को चाटे तो चौगुना अनाज होता है।।७०।।

हले प्रवाहमाणे तु शकृन्मूत्रं भवेद् यदा।
सस्यवृद्धिः शकृत्पाते मूत्रे वन्या प्रजायते।।७१।।

हल जोतते समय यदि गोबर या मूत्र गिरे तो गोबर के गिरने से अनाज की वृद्धि एवं मूत्र के गिरने से बाढ़ आती है।।७१।।

हलप्रसारणं येन न कृतं मृगकुम्भयोः।
कुतस्तस्य कृषाणस्य फलाशा कृषिकर्मणि।।७२।।

जिस किसान ने मकर एवं कुम्भ राशियों में सूर्य के रहने पर अर्थात् माघ और फाल्गुन के महीने में हल नहीं जोता है उसे कृषि के कार्य में कहाँ से फल की आशा होगी ?।।७२।।

हलप्रसारणं नैव कृत्वा यः कर्षणं चरेत्।
केवलं बलदर्पेण स करोति कृषिं वृथा।।७३।।

बिना हल प्रसारण किये जो केवल बल के दर्प से खेती करता है वह व्यर्थ ही खेती करता है।।७३।।

मृत् सुवर्णसमा माघे कुम्भे रजतसन्निभा।
चैत्रे ताम्रसभा प्रोक्ता धान्यतुल्या तु माधवे।।७४।।

माघ महीने में मिट्टी सोने के समान होती है, कुम्भ अर्थात् फाल्गुन मास में चाँदी के सदृश होती है, चैत के महीने में ताँबे के तुल्य और वैशाख महीने में धान्य (अन्न) के समान होती है।।७४।।

ज्यैष्ठे तु मृत्समा ज्ञेया आषाढ़े कर्दमान्विता।
निष्फला कर्कटे चैव हलैरुत्पाटिता तु या।।७५।।

ज्येष्ठ के महीने में मिट्टी के तुल्य, आषाढ़ में कीचड़ युक्त एवं कर्कराशि अर्थात् श्रावण में हल से उखाड़ी गयी मिट्टी निष्फल होती है।।७५।।

तथा च पराशरः -

हेमन्ते कृष्यते हेम वसन्ते ताम्ररूप्यकम्।
धान्यं निदाघकाले तु दारिद्र्यं तु घनागमे।।७६।।

पराशर का वचन है- हेमन्त में सोने का कर्षण होता है, वसन्त में ताँबा और चाँदी की, गर्मी के समय धान्य की एवं वर्षाकाल में दारिद्र्य का कर्षण होता है।।७६।।

बीजस्थापनविधिः-

माघे वा फाल्गुने मासि सर्वबीजानि संहरेत्।
शोषयेदातपे सम्यक् नैवाधो विनिधापयेत्।।७७।।

बीज रखने की विधि- माघ अथवा फाल्गुन के महीने में सभी बीजों का संग्रह करे। उन्हें भलीभाँति धूप में सुखाये और नीचे न रखे।।७७।।

बीजस्य पुटिकां कृत्वा विधान्यं तत्र शोधयेत्।
बीजं विधान्यसंमिश्रं फलहानिकरं परम्।।७८।।

बीजों की थैलीं बनाकर उसमें विधान्य अर्थात् भूँसी आदि का शोधन करे। विधान्य युक्त बीज फल की अत्यन्त हानि करने वाला होता है।।७८।।

एकरूपं तु यद्बीजं फलं फलति निर्भरम्।
एकरूपं प्रयत्नेन तस्माद्बीजं समाचरेत्।।७९।।

जो बीज एकरूप होते हैं वे भरपूर फल देते हैं, अतएव प्रयत्नपूर्वक एकरूप बीजों का व्यवहार करें।।७८।।

सुदृढं पुटकं कृत्वा तृणं छिन्द्यात् विनिर्गतम्।
अच्छिन्नतृणके ह्यस्मिन् कृषिः स्यात् तृणपूरिता।।८०।।

सुदृढ़ पुटक अर्थात् थाला बनाकर बाहर निकले हुए तृण को काट देना चाहिए। उसका तृण न काटे जाने पर खेती तृण से पूर्ण हो जाती है।।८०।।

न वल्मीके न गोस्थाने न प्रसूता निकेतने।
न च वन्ध्यावति गेहे बीजस्थापनमाचरेत्।।८१।।

दीमक युक्त स्थान, गोशाला, प्रसूतिकागृह अथवा बन्ध्या स्त्री के गृह में बीज नहीं रखना चाहिए।।८१।।

नोच्छिष्टं स्पर्शयेद् बीजं न च नारीं रजस्वलाम्।
न वन्ध्या गर्भिणी चैव न च सद्यः प्रसूतिका।।८२।।

उच्छिष्ट पदार्थ एवं रजस्वला स्त्री से बीज का स्पर्श न होने देना चाहिए। बन्ध्या, गर्भिणी एवं तत्काल प्रसव करने वाली स्त्री भी बीज का स्पर्श न करे।।८२।।

घृतं तैलं च तक्रं च प्रदीपं लवणं तथा।
बीजोपरि भ्रमेणापि कृषिको नैव कारयेत्।।८३।।

भ्रम से भी कृषक को बीज के ऊपर घी, तेल, मट्ठा, दीपक अथवा नमक नहीं रखना चाहिए।।८३।।

तथा च गार्ग्यः–

दीपाग्निधूमसंस्पृष्टं वृष्ट्या चोपहतं च यत्।
वर्जनीयं सदा बीजं यद्गर्तेषु पिधापितम्।।८४।।

गर्ग ने कहा है– दीप, अग्नि एवं धूम के सम्पर्क में आया हुआ, वृष्टि से नष्ट हुआ तथा गढ़े में रखा हुआ बीज सदा वर्जनीय होता है।।८४।।

प्रोथितं मिश्रितं बीजं भ्रान्त्या न निर्वपेत् क्वचित्।
विधान्यं गुडकोन्मिश्रं तद्बीजं बन्ध्यतां व्रजेत्।।८५।।

भ्रम से भी प्रोथित अर्थात् पृथ्वी के भीतर रखा हुआ एवं मिश्रित बीज कभी नहीं बोना चाहिए। भूँसी के तुल्य एवं गुडक अर्थात् अन्नकणों से मिश्रित बीज बन्ध्य (न उगनेवाला) हो जाता है।।८५।।

कृषाणसारकेदारवृषनीरदसञ्चयाः ।
सर्वे ते बन्ध्यतां यान्ति बीजे वन्ध्यत्वमागते।।८६।।

किसान, खाद, खेत, बैल एवं मेघों का समूह ये सभी बीज के बन्ध्य होने पर निष्फल हो जाते हैं।।८६।।

तिलधान्ययवानां च विधिरेष प्रकीर्तितः।
बीजे यत्नमतः कुर्याद् बीजमूलाः फलश्रियः।।८७।।

तिल, धान एवं यवों के लिये यह विधि कही गयी है, अतः बीज के निमित्त यत्न करना चाहिए। बीज से ही फल की शोभा होती है।।८७।।

बीजवपनविधि–

वैशाखे वपनं श्रेष्ठं ज्यैष्ठे तु मध्यमं स्मृतम्।
आषाढ़े चाधमं प्रोक्तं श्रावणे चाधमाधमम्।।८८।।

बीज बोने की विधि– वैशाख महीने में बीज का बोना श्रेष्ठ एवं ज्येष्ठ में मध्यम कहा गया है। आषाढ़ महीने में बीज का बोना अधम तथा श्रावण महीने में अधमाधम कहा गया है।।८८।।

रोपणार्थं तु बीजानां शुचौ वपनमुत्तमम्।
श्रावणे चाधमं प्रोक्तं भाद्रे चैवाधमाधमम्।।८९।।

गर्मी के दिनों अर्थात् ज्येष्ठ या आषाढ़ में रोपने के लिए बीज का बोना उत्तम है। श्रावण में अधम तथा भाद्र मास में अधमाधम होता है।।८९।।

उत्तरात्रयमूलेन्द्रमैत्रपैत्रेन्दुधातृषु ।
हस्तायामथ रेवत्यां बीजवपनमुत्तमम्।।९०।।

तीनों उत्तरा अर्थात् उत्तराफाल्गुनी, उत्तराषाढ़ा एवं उत्तराभाद्रपद, मूल, ज्येष्ठा, अनुराधा, मघा, मृगशिरा, रोहिणी, हस्त एवं रेवती नक्षत्र में बीज बोना उत्तम होता है।।९०।।

विष्णुपूर्वाविशाखासु याम्यरौद्रानिलाहिषु।
बीजस्य वपनं कृत्वा बीजमाप्नोति मानवः।।९१।।

श्रावण, पूर्वा अर्थात् पूर्वाफाल्गुनी, पूर्वाषाढ़ा एवं पूर्वाभाद्रपद, विशाखा, भरणी, आर्द्रा, स्वाती और आश्लेषा में बीज बोकर मनुष्य केवल बीज ही प्राप्त करता है अर्थात् उपज अच्छी नहीं होती।।९१।।

वपने रोपणे चैव वारयुग्मं विवर्जयेत्।
मूषिकाणां भयं भौमे मन्दे शलभकीटयोः।।९२।।

बीज बोने एवं रोपने के कार्य में दो दिनों को छोड़ देना चाहिए। मंगल के दिन चूहों का तथा शनि को पतंगों और कीड़ों का भय होता है।।९२।।

न वापयेत्तिथौ रिक्ते क्षीणे सोमे विशेषतः।
एवं सम्यक् प्रयुञ्जानः सस्यवृद्धिमवाप्नुयात्।।९३।।

रिक्ता तिथियों अर्थात् चतुर्थी, नवमी एवं चतुर्दशी को विशेषकर चन्द्रमा के क्षीण होने पर बीज की बुवाई नहीं करानी चाहिए। इस प्रकार भली-भाँति व्यवहार करने वाले व्यक्ति को अनाज की वृद्धि प्राप्त होती है।।९३।।

ज्यैष्ठान्ते त्रिदिनं सार्द्धमाषाढादौ यथैव च।
वपनं सर्वसस्यानां फलार्थी कृषकस्त्यजेत्।।९४।।

फल चाहने वाले कृषक को सभी अनाजों को बोने के लिए ज्येष्ठ के अन्तिम साढ़े तीन दिनों तथा आषाढ़ मास के प्रारम्भिक साढ़े तीन दिनों का अर्थात् ज्येष्ठ कृष्ण १२ के उत्तरार्ध से आषाढ शुक्ल ४ के पूर्वार्द्ध तक त्याग कर देना चाहिए।।९४।।

वृषान्ते मिथुनादौ च त्रीण्यहानि रजस्वला।
बीजं न वापतेत्तत्र जनः पापाद् विनश्यति।।९५।।

वृष अर्थात् ज्येष्ठ मास के अन्त और मिथुन अर्थात् आषाढ़ मास के प्रारम्भ के तीन-तीन दिनों तक (पृथ्वी) रजस्वला रहती है, अतः उस समय बीज की बुवाई नहीं करानी चाहिए। (उक्त दिनों में बीज की बुवाई करवाने वाला) मनुष्य पाप से विनष्ट हो जाता है।।९५।।

तथा च-

मृगशिरसि निवृत्ते रौद्रपादेऽम्बुवाची
भवति ऋतुमती क्ष्मा वर्जयेत्त्रीण्यहानि।
यदि वपति कृषाणः क्षेत्रमासाद्य बीजं
न भवति फलभागी दारुणश्चात्रकालः।।९६।।

और भी कहा है– मृगशिरा नक्षत्र का अन्त होने पर आर्द्रा के प्रथम चतुर्थांश में अम्बुवाची काल होता है। उस समय पृथ्वी ऋतुमती होती है, अतः बीज बोने के कार्य में तीन दिनों को छोड़ देना चाहिए। यदि किसान उस समय बीज बोता है तो खेत में पड़ा बीज फलयुक्त नहीं होता। यह समय भयंकर होता है।।९६।।

हिमवारिनिषिक्तस्य बीजस्य तन्मना: शुचिः।
इन्द्रं चित्ते समाधाय स्वयं मुष्टित्रयं वपेत्।।९७।।

तन्मयतापूर्वक पवित्र व्यक्ति चित्त में इन्द्र का ध्यानकर, ठंढे जल से सिक्त तीन मुट्ठी बीज स्वयं बोये।।९७।।

कृत्वा धान्यस्य पुण्याहं कृषको हृष्टमानसः।
प्राङ्मुखः कलशं धृत्वा पठेन्मन्त्रमनुत्तमम्।।९८।।

प्रसन्नचित्त कृषक धान्य का पुण्याह् वाचन करने के उपरान्त पूर्व दिशा की ओर मुख किये हुए कलश लेकर (अग्रिम) उत्तम मन्त्र पढ़े।।९८।।

वसुन्धरे महाभागे बहुशस्यफलप्रदे।
देवराज्ञि नमोऽस्तु ते सुभगे सस्यकारिणी।।९९।।

रोहन्तु सर्वसस्यानि काले देवः प्रवर्षतु।
सुस्था भवन्तु कृषका धनधान्यसमृद्धिभिः।।१००।।

"हे महाभाग! बहुत अन्न देने वाली, देवराज्ञी, कल्याण करने वाली तथा अन्न उत्पन्न करने वाली वसुन्धरा! तुम्हें नमस्कार है। सभी अन्न उगें, मेघ समय पर वर्षा करें तथा धन और धान्य की समृद्धि से कृषक स्वस्थ हो"।।९९-१००।।

कृत्वा तु वपनं क्षेत्रे कृषकान् घृतपायसैः।
भोजयित्वा सुभोज्येन निर्विघ्ना जायते कृषिः।।१०१।।

खेत में बीज बोकर खेत जोतने वालों कृषकों को घृत और पायस अर्थात् खीर का सुन्दर भोजन कराना चाहिए। ऐसा करने से खेती निर्विघ्न होती है।।१०१।।

मयिकादानम् –

बीजस्य वपनं कृत्वा मयिकां तत्र दापयेत्।
तदभावेन बीजानां समजन्म न जायते।।१०२।।

मयिका देना अर्थात् हेंगायी करना– बीज बोकर हेंगाई समतल करनी चाहिए। उसे न करने पर बीज एक समान नहीं उगते।।१०२।।

रोपणविधि –

वपनं रोपणं चैव बीजं स्यादुभयात्मकम्।
वपनं रोगनिर्मुक्तं रोपणं सगदं सदा।।१०३।।

रोपने की विधि– बोने और रोपने के भेद से बीज दो प्रकार का होता है। बोने का बीज रोगरहित होता है एवं रोपने का बीज सदा रोगयुक्त रहता है।।१०३।।

न वृक्षरूपं धान्यानां बीजाकर्षणमाचरेत्।
न फलन्ति दृढाः सर्वे बीजाः केदारसंस्थिताः।।१०४।।

वृक्ष का रूप धारण कर लेने वाले धान के बीजों का आकर्षण (उखाड़ना) नहीं करना चाहिए। क्यारी में रहते हुए ही दृढ़ हो जाने वाले सभी बीज नहीं फलते।।१०४।।

हस्तान्तरं कर्कटे च सिंहे हस्तार्द्धमेव च।
रोपणं सर्वसस्यानां कन्यायां चतुरंगुलम्।।१०५।।

कर्क राशि अथवा श्रावण में एक हाथ की दूरी पर, सिंह राशि अर्थात् भादौ के महीने में आधे हाथ पर तथा कन्या अर्थात् आश्विन मास में चार अंगुल की दूरी पर सभी अनाजों का बीज बोना चाहिए।।१०५।।

धान्यकट्टनविधि–

आषाढ़े श्रावणे मासि धान्यमाकट्टयेद्बुधः।
अनाकट्टं तु यद्धान्यं यथा बीजं तथैव हि।।१०६।।

धान के आकट्टन अर्थात् निराने की विधि– बुद्धिमान् पुरुष आषाढ़ या सावन के महीने में धान का आकट्टन अर्थात् निराई करें। बिना आकट्टन अर्थात् निराई का धान बीज के ही सदृश रहता है।।१०६।।

कर्कटे कट्टयेद्धान्यमवृष्टौ कृषितत्परः।
भाद्रे चार्द्धफलप्राप्तिः फलाशा नैव चाश्विने।।१०७।।

कृषि में तत्पर व्यक्ति वर्षा न होने के समय कर्क राशि अर्थात् श्रावण मास में धान्य का कट्टन अर्थात् निराई करें। भादों महीने में निराई करने से आधा फल प्राप्त होता है एवं आश्विन मास में निराई करने से फल की आशा नहीं होती।।१०७।।

न निम्नभूमौ धान्यस्य कुर्यात्कट्टनरोपणे।
न च सारप्रदानं तु तृणमात्रं तु शोधयेत्।।१०८।।

नीची भूमि में स्थित धान की कट्टन-रोपन अर्थात् निराई और रोपाई न करे और न खाद ही डाले, केवल तृणों को अवश्य निकाल दे।।१०८।।

धान्यनिस्तृणीकरणम्-

निष्पन्नमपि यद्धान्यं न कृतं तृणवर्जितम्।
न सम्यक् फलमाप्नोति तृणक्षीणा कृषिर्भवेत्।।१०९।।

धान का तृण निकालना- निष्पन्न अर्थात् भली-भाँति उगा हुआ भी धान तृण रहित न किये जाने पर अच्छी प्रकार नहीं फलता। खेती तृण से हीन होने पर ही होती है।।१०९।।

कुलीरभाद्रयोर्मध्ये यद्धान्यं निस्तृणं भवेत्।
तृणैरपि तु सम्पूर्णं तद्धान्यं द्विगुणं भवेत्।।११०।।

सावन और भादौं के महीने में जो धान्य तृण रहित हो जाते हैं वे बाद में तृण से पूर्ण हो जाने पर भी दो गुना उत्पन्न होते हैं।।११०।।

द्विवारं आश्विने मासि कृत्वा धान्यं तु निस्तृणम्।
अथ पाकविहीनं हि धान्यं फलति माषवत्।।१११।।

क्वार (आश्विन) के महीने में धान्य को दो बार तृण रहित करे। ऐसा करने पर बिना पका हुआ धान माष अर्थात् उड़द के सदृश (अधिक) फलता है।।१११।।

तस्मात् सर्वप्रयत्नेन निस्तृणां कारयेत् कृषिम्।
निस्तृणा हि कृषाणानां कृषिः कामदुधा भवेत्।।११२।।

अतः सभी प्रकार के प्रयत्न से कृषि को तृण रहित करना चाहिए। तृण रहित कृषि किसानों की कामधेनु होती है।।११२।।

भाद्रजलमोक्षणं -

नैरुज्यार्थं हि धान्यानां जलं भाद्रे विमोचयेत्।
मूलमात्रार्पितं तत्र कारयेज्जलरक्षणम्।।११३।।

भाद्र मास में जल की निकासी- धान्य को रोग रहित रखने के लिए भाद्रपद महीने में जल निकालना चाहिए। केवल धान के मूल में रहने योग्य जल को बचाये रखना चाहिये।।११३।।

भाद्रे च जलसम्पूर्णं धान्यं विविधबाधकैः।
प्रपीडितं कृषाणानां न दत्ते फलमुत्तमम्।।११४।।

भाद्रपद मास में जल से भरा रहने वाला धान्य अनेक प्रकार के बाधकों से विशेष पीडित होने से किसानों को उत्तम फल नहीं देता।।११४।।

धान्यव्याधिखण्डनमन्त्रः-

ॐ सिद्धिः श्रीगुरुपादेभ्यो नमः। स्वस्ति हिमगिरिशिखरशंखकुन्देन्दु-धवलशिलातटात् नन्दनवनसमायतनात् परमेश्वरपरमभट्टारकमहाराजाधिराज-श्रीमद्रामपादा विजयिनः समुद्रतटे अनेकशतसहस्रवानरगणमध्ये खरनखर-चरणोर्द्धवलांगूलं पवनसुतं वातवेगं परचक्रप्रमथनं श्रीमद्धनुमन्तमाज्ञापयान्त कुशलमन्यस्य अमुकगोत्रस्य श्रीअमुकस्य क्षेत्रखण्डमध्यो वाताम्भोभा भान्ती...........(?)

शांखीगान्धीपाण्डरमुण्डीधूलीश्रृंगारीकुमारीमडकादयः। अजाचटक-शुकशूकरमृगमहिषवराहपतङ्गादयश्च सर्वे सस्योपघातिनो यदि त्वदीय वचनेन तत् क्षेत्रं न त्यजन्ति तदा तान् वज्रलांगूलेन ताडयिष्यसीति ओं आं घां घीं घूं घः।

> लिखित्वालक्तकेनापि मन्त्रं सस्येषु बन्धयेत्।
> न व्याधिकीटहिंस्राणां भयं तत्र भवेत् क्वचित्।।११५।।

धान्य की व्याधि के खण्डन का मन्त्र- "ओं सिद्धि श्री गुरुपादेभ्यो....... घां घीं घूं घः" इस मूलोक्त मन्त्र को अलक्तक से लिखकर अनाज में बाँधना चाहिये। (ऐसा करने से) वहाँ व्याधि, कीट एवं हिंस्र पशुओं का भय नहीं रहता।।११५।।

जलरक्षणम् -

> आश्विने कार्तिके चैव धान्यस्य जलरक्षणम्।
> न कृतं येन मूर्खेन तस्य का सस्यवासना।।११६।।

जल की रक्षा- आश्विन और कार्तिक में जिस मूर्ख ने जल रक्षा की (अभिलाषा) नहीं की उसे अनाज की कैसी वासना होगी?।।११६।।

> यथा कुलार्थी कुरुते कुलस्त्रीपरिरक्षणम्।
> तथा संरक्षयेद् वारि शरत्काले समागते।।११७।।

कुल की वृद्धि चाहने वाला व्यक्ति जैसे कुल की स्त्रियों की भली-भाँति रक्षा करता है, उसी प्रकार शरत् काल आने पर जल की रक्षा करनी चाहिए।।११७।।

अथ कार्तिकसंक्रान्त्यां क्षेत्रे च रोपयेन्नलम्।
केदारेशानकोणे च सयत्नं कृषकः शुचिः।।११८।।

कार्तिक की संक्रान्ति में कृषक पवित्रतापूर्वक खेत के ईशान कोण की क्यारी में प्रयत्नपूर्वक नल का रोपण करे।।११८।।

ततो गन्धैश्च माल्यैश्च धूपैश्च सुमनोहरैः।
पूजयित्वा नलं तत्र पूजयेद्धान्यवृक्षकान्।।११९।।

तदुपरान्त सुन्दर मनोहर गन्ध, माल्य और धूप से नल की पूजा करके वहाँ धान्य के छोटे पौधों की पूजा करे।।११८।।

दधि भक्तं च नैवेद्यं पायसं च विशेषतः।
ततो दद्यात् प्रयत्नेन तालास्थिसस्यमेव च।।१२०।।

तत्पश्चात् प्रयत्नपूर्वक दही, भात विशेषकर खीर और तालवृक्ष की गिरी तथा अन्न का नैवेद्य प्रदान करे।।१२०।।

तदर्थमन्त्रः-

बालकास्तरुणा वृद्धा ये चान्ये धान्यवृक्षकाः।
ज्येष्ठा वापि कनिष्ठा वा सगदा निर्गदाश्च ये।।१२१।।

आज्ञया हि सुषेणस्य राघवस्य पृथोरपि।
ताडिता नलदण्डेन सर्वे स्युः समपुष्पिताः।।१२२।।

मन्त्र- बालक, तरुण, वृद्ध तथा अन्य सभी ज्येष्ठ, कनिष्ठ, रोगयुक्त एवं रोगमुक्त जो भी धान्य के वृक्ष हैं वे सभी सुषेण, राघव एवं पृथु की आज्ञा से नलदण्ड द्वारा ताड़ित होकर समान रूप से पुष्प युक्त हो जायँ।।१२१-१२२।।

समपुष्पत्वमासाद्य शीघ्रं फलन्तु निर्भरम्।
सुस्था भवन्तु कृषका धनधान्यसमन्विताः।।१२३।।

एक समान पुष्पयुक्त होकर वे शीघ्र पूर्णरूप से फलें। धन और धान्य से युक्त कृषक स्वस्थ हो जायँ।।१२३।।

प्रोषयित्वा नलं क्षेत्रे मन्त्रेणानेन च क्रमात्।
धान्यवृद्धिं परां प्राप्य नन्दन्ति कृषका जनाः।।१२४।।

क्रमशः इस मन्त्र से खेत में नल को लगाने से कृषक लोग धान्य की वृद्धि प्राप्त कर अत्यन्त प्रसन्न होते हैं।।१२४।।

नलं तु धटसंक्रान्त्यां क्षेत्रे न रोपयन्ति ये।
असमा वन्ध्यपुष्पाश्च तेषां स्युर्धान्यजातयः।।१२५।।

जो लोग तुला (धट) संक्रान्ति अर्थात् कार्तिक के प्रारम्भ में खेत में नल का रोपण नहीं करते उनके धान्य की उत्पत्ति असमान एवं फल तथा पुष्प से रहित होती है।।१२५।।

मार्गशीर्षे मुष्टिग्रहणम् –

ततो मार्गे तु सम्प्राप्ते केदारे शुभवासरे।
धान्यस्य लवनं कुर्यात् सार्द्धं मुष्टिद्वयं शुचिः।।१२६।।

तदनन्तर अगहन (मार्गशीर्ष) का महीना आने पर शुभ दिन में पवित्रतापूर्वक क्यारी में धान्य की ढाई मुट्ठी काटना चाहिए।।१२६।।

गन्धैः पुष्पैश्च नैवेद्यैर्धूपैश्च धान्यवृक्षकान्।
पूजयित्वा यथान्यायमीशाने लवनं चरेत्।।१२७।।

खेत के ईशान कोण अर्थात् उत्तरपूर्वी कोण में गन्ध, पुष्प, नैवेद्य एवं धूप से धान्य की पूजा कर यथोचित रूप से धान्य को काटें।।१२७।।

ततस्तन्मस्तके कृत्वा सम्मुखं शीर्षकान्वितम्।
स्पृष्ट्वा न किमपि क्वापि व्रजेन्मौनेन मन्दिरम्।।१२८।।

तदुपरान्त उस (काटे हुए धान की मुट्ठी को) सामने की ओर उसका शीर्ष भाग अर्थात् फल का हिस्सा किये हुए मस्तक पर रखकर कहीं पर किसी को बिना छुए हुए मौन होकर अपने घर जाय।।१२८।।

सप्तपद्यां ततः पादं दत्त्वा मुख्यनिकेतने।
प्रविश्य स्थापयेत्तत्र पूर्वभागे सुपूजितम्।।१२९।।

तदनन्तर मुख्य कक्ष में प्रवेश करने के उपरान्त सात पग चलकर पूर्व भाग में भली-भाँति पूजित धान्य की मुट्ठी को रखना चाहिए।।१२९।।

न मुष्टिग्रहणं कुर्यात्कदाचित् धटपौषयोः।
श्रेष्ठो मुष्टिग्रहो मार्गे धनधान्यफलप्रदः।।१३०।।

कार्तिक और पौष के महीनों में कभी भी मुष्टिग्रहण नहीं करना चाहिए। मार्गशीर्ष में मुष्टिग्रहण श्रेष्ठ तथा धन और धान्य रूपी फल देने वाला होता है।।१३०।।

सार्द्धं मुष्टिद्वयं मार्गे योऽच्छित्त्वा लवनं चरेत्।
पदे पदे विफलतां तस्य धान्यं कुतो गृहे।।१३१।।

अगहन के महीने में बिना अढ़ाई मुट्ठी काटे जो व्यक्ति लवनी अर्थात् धान की कटाई करता है उसे पग-पग पर विफलता होती है अतः उसके घर में धान्य कहाँ से होगा?।।१३१।।

> रौद्रे माघे तथा सौम्ये पुष्ये हस्तानिलोत्तरे।
> धान्यच्छेदं प्रशंसन्ति मूले श्रवणवासरे।।१३२।।

(बुद्धिमान्) लोग आर्द्रा, मघा, मृगशिरा, पुष्य, हस्त, स्वाती, उत्तराफाल्गुनी, उत्तराषाढा, उत्तराभाद्रपद, मूल एवं श्रवण नक्षत्रों (नक्षत्र वाले दिनों) में धान्य काटने की प्रशंसा करते हैं।।१३२।।

> व्यतीपाते च भाद्रे च रिक्तायां वैधृतौ तथा।
> भौमार्किबुधवारेषु मुष्टिसंग्रहणं त्यजेत्।।१३३।।

व्यतिपात, विष्टि (भद्रा), रिक्ता तिथि एवं वैधृति योग में तथा मङ्गल, शनि और बुधवार को मुष्टिग्रहण नहीं करना चाहिए।।१३३।।

मार्गे मेधिरोपणम् –

> कृत्वा तु खननं मार्गे समं गोमयलेपितम्।
> आरोपणीयो यत्नेन तत्र मेधिः शुभेऽहनि।।१३४।।

मेधि का रोपण (खलिहान में बैल बाँधने का स्तम्भ)– अगहन महीने में शुभ दिन में एक समतल गड्ढा बनाने के उपरान्त गोबर से लिप्त कर उसमें मेधि स्थापित करनी चाहिए।।१३४।।

> स्त्रीनाम्ना कर्षकैः कार्यो मेधिर्वृश्चिकभास्करे।
> मेधेर्गुणेन कृषकः सस्यवृद्धिमवाप्नुयात्।।१३५।।

सूर्य के वृश्चिक राशि में रहने पर किसान को स्त्री के नाम वाली मेधि बनानी चाहिए। मेधि के गुण से कृषक के अनाज की वृद्धि होती है।।१३५।।

> न्यग्रोधः सप्तपर्णश्च गम्भारी शाल्मली तथा।
> औदुम्बरी विशेषेण अन्या वा क्षीरवाहिनी।।१३६।।

न्यग्रोध (वटवृक्ष), सप्तपर्णी, गम्भारी, शाल्मली (सेमर), औदुम्बर (गूलर) अथवा किसी अन्य क्षीर वाले वृक्ष की (मेधि होनी चाहिए)।।१३६।।

> वटादीनामभावे तु कार्या स्त्रीनामधारिका।
> वैजयन्तीसमायुक्तो निम्बसर्षपरक्षितः।।१३७।।

बट इत्यादि वृक्षों के अभाव में किसी स्त्री नाम वाले वृक्ष का प्रयोग करना चाहिए। मेधि पताकायुक्त तथा नीम (की पत्तियों) और सरसों से रक्षित होनी चाहिए।।१३७।।

धान्यकेशरसंयुक्तस्तृणकर्कटकान्वितः ।
अर्चितो गन्धपुष्पाभ्यां मेधिः सस्यसुखप्रदः।।१३८।।

धान्य, केशर, तृण एवं कर्कटक (एक प्रकार का पौधा) से युक्त तथा गन्ध और पुष्पों से पूजित मेधि अनाज का सुख देने वाली होती है।।१३८।।

पौषे मेधिर्न चारोप्यः क्रूराहे श्रवणे तथा।
सस्यवृद्धिकरो मार्गे पौषे सस्यक्षयप्रदः।।१३९।।

पौष मास, क्रूर दिन तथा श्रवण नक्षत्र में मेधि का आरोपण नहीं करना चाहिये। अगहन में मेधि का आरोपण अनाज की वृद्धि करता है तथा पौष में अनाज की हानि करता है।।१३९।।

कपित्थविल्ववंशानां तृणराजस्य चैव हि।
मेधिः कार्यो नरैर्नैव यदीच्छेदात्मनः शुभम्।।१४०।।

अपना कल्याण चाहने वाले मनुष्य को कपित्थ, विल्व और तृणराज अर्थात् नारियल की मेधि नहीं बनानी चाहिए।।१४०।।

पौषे पुष्ययात्राकथनम् –

अखण्डिते ततो धान्ये पौषे मासि शुभे दिने।
पुष्ययात्रां जनाः कुर्युरन्योन्यं क्षेत्रसन्निधौ।।१४१।।

पौष मास में होने वाली पुष्य यात्रा का वर्णन– धान्य कटने के पूर्व पौष मास के शुभ दिन में मनुष्यों को एक दूसरे के खेत के समीप परस्पर पुष्ययात्रा करनी चाहिए।।१४१।।

परमान्नं च तत्रैव व्यञ्जनैर्मत्स्यमांसकैः।
निरामिषैस्तथा दिव्यैः सहिङ्गुमरीचान्वितैः।।१४२।।

दधिभिश्च तथा दुग्धैराज्यपायसपानकैः।
नानाफलैश्च मूलैश्च मिष्टपिष्टकविस्तरैः।।१४३।।

एभिः सुढौकितं कृत्वा तदन्नं कदलीदले।
भोजयेयुः जनाः सर्वे यथा वृद्धपुरःसराः।।१४४।।

वृद्ध आदि को आगे कर सभी मनुष्यों को केले के पत्ते पर अच्छी प्रकार मछली एवं मांस के सामिष आहार तथा हींग और मरीच से युक्त दिव्य निरामिष भोजनों, दही, दूध, घी, खीर, शर्बत तथा अनेक प्रकार के फल, मूल, पर्याप्त मिठाई एवं पूड़ी के साथ खीर खिलाना चाहिए।।१४२-१४४।।

आचम्य च ततस्तत्र चन्दनैश्च चतुःसमैः।
अन्योन्यं लेपनं कुर्युस्तैलैः पक्वैः सुगन्धिभिः।।१४५।।

तदनन्तर आचमन कर चार द्रव्यों अर्थात् चन्दन, केशर, कस्तूरी इत्यादि सुंगन्धियों से पके हुए तैल का एक दूसरे को लेपन करे।।१४५।।

कर्पूरवासितं दिव्यं ताम्बूलं गन्धपूरितम्।
भक्षयेयुस्ततोऽन्योन्यं परिधाय नवाम्बरम्।।१४६।।

तदुपरान्त नया वस्त्र धारण कर सुगन्धियुक्त कर्पूर से वासित दिव्य ताम्बूल एक दूसरे को खिलायें।।१४६।।

पुष्पैराभरणं कृत्वा नमस्कृत्य शचीपतिम्।
गीतैर्नृत्यैश्च वाद्यैश्च कुर्युस्तत्र महोत्सवम्।।१४७।।

फूलों का आभूषण धारण करने के उपरान्त इन्द्र को नमस्कार कर गीत, नृत्य और वाद्य के द्वारा महोत्सव करना चाहिये।।१४७।।

ततश्च हर्षिताः सर्वे मन्त्रं श्लोकचतुष्टयम्।
हस्तसंपुष्टकं कृत्वा पठेयुर्वीक्ष्य भास्करम्।।१४८।।

तत्पश्चात् हर्षपूर्वक सभी लोग हाथ जोड़ कर सूर्य की ओर देखते हुए अग्रिम चार श्लोकों वाला मन्त्र पढ़ें।।१४८।।

क्षेत्रे चाखण्डितधान्ये पुष्ययात्राप्रभावतः।
अस्माभिर्मानिता सर्वैः सास्मान् पातु शुभप्रदा।।१४९।।

खेत का अनाज न कटे होने पर पुष्य यात्रा के प्रभाव से हम सभी से पूजित कल्याण करने वाली वे (लक्ष्मी देवी) हमारी रक्षा करें।।१४९।।

कर्मणा मनसा वाचा ये चास्माकं विरोधिनः।
सर्वे ते प्रशमं यान्तु पुष्ययात्राप्रभावतः।।१५०।।

कर्म, मन और वचन से जो हारा विरोध करने वाले हों पुष्य यात्रा के प्रभाव से वे सभी शान्त हो जाँय।।१५०।।

धान्यवृद्धिर्यशोवृद्धिः प्रवृद्धिर्दारपुत्रयोः।
राजसम्मानवृद्धिश्च गवां वृद्धिस्तथैव च।।१५१।।

मन्त्रशासनवृद्धिश्च धनवृद्धिरहर्निशम्।
अस्माकमस्तु सततं यावत् पूर्णो न वत्सरः।।१५२।।

जब तक वर्ष पूरा ने हो तब तक अहोरात्र निरन्तर हमारे धान्य, यश, स्त्री, पुत्र, राजसम्मान, गोवंश, मन्त्र, शासन और धन की वृद्धि होती रहे।।१५१-१५२।।

ततः प्रमुदिताः सर्वे व्रजेयुः स्वनिकेतनम्।
न भोजनं पुनः कुर्युस्तस्मिन्नहनि ते जनाः।।१५३।।

तदुपरान्त प्रसन्नतापूर्वक सभी लोग अपने-अपने घर जाँय और उस दिन वे लोग पुनः भोजन न करें।।१५३।।

हिताय सर्वलोकानां पुष्ययात्रा मनोहारा।
पुरा पराशरेणेयं कृता सर्वार्थसाधिनी।।१५४।।

पराशर ने प्राचीन काल में सभी लोगों के हितार्थ सभी अर्थों को सिद्ध करने वाली इस मनोहर पुष्ययात्रा का विधान किया था।।१५४।।

तस्मादियं प्रयत्नेन पुष्ययात्राविधानतः।
सर्वविघ्नप्रशान्त्यर्थं कार्या सस्यस्य वृद्धये।।१५५।।

अतः सभी विघ्नों को शान्त करने तथा अनाज की वृद्धि हेतु प्रयत्नपूर्वक विधान के अनुसार इस पुष्ययात्रा को करना चाहिए।।१५५।।

पुष्ययात्रां न कुर्वन्ति ये जना धनगर्विताः।
न विघ्नोपशमस्तेषां कुतस्तद्वत्सरे सुखम्।।१५६।।

धन के घमण्डी जो लोग पुष्ययात्रा नहीं करते उन लोगों के विघ्न की शान्ति नहीं होगी। अतः उस वर्ष उन्हें सुख कहाँ से हो सकता है ?।।१५६।।

पौषे मासि ततः कुर्याद्धान्यच्छेदं विचक्षणः।
मर्दयित्वा यथायोगमाढकेन प्रमापयेत्।।१५७।।

तदुपरान्त अर्थात् पुष्ययात्रा के बाद बुद्धिमान् पुरुष को धान काटना चाहिये एवं उसका मर्दन अर्थात् दँवायी करके यथोचित रीति से आढक द्वारा नापें।।१५७।।

आढकलक्षणम् –

द्वादशाङ्गुलकैर्मानैराढकः परिकीर्तितः।
मापनं वामावर्तेन दक्षिणे न कदाचन।।१५८।।

आढक का लक्षण– आढक बारह अंगुल के बराबर कहा गया है। नापने की क्रिया बायीं ओर से होनी चाहिए। दाहिनी ओर से कभी नहीं होनी चाहिए।।१५८।।

याम्यावर्तेन धान्यानां मापनं व्ययकारकम्।
वामावर्तेन सुखदं धान्यवृद्धिकरं परम्।।१५९।।

दाहिनी ओर से धान्य का नापना खर्च कराने वाला होता है। बायीं ओर से नापना अत्यन्त सुख देने और धान्य की वृद्धि करने वाला होता है।।१५९।।

श्लेष्मातकाम्रपुन्नागकृतमाढकमुत्तमम्।
कपित्थपर्कटीनिम्बजनितं दैन्यवर्द्धनम्।।१६०।।

श्लेष्मातक, आम एवं पुन्नाग का बना आढक उत्तम होता है। कपित्थ, पर्कटी और निम्ब का बना आढक दीनता को बढाने वाला होता है।।१६०।।

धान्यस्थापनम् –

हस्ते हरित्रये पुष्ये रेवत्यां च प्रजापतौ।
यममूलोत्तरे सौम्ये मघायां च पुनर्वसौ।।१६१।।

जीवे सौम्ये भृगोर्वारि निधने क्रूरवर्जिते।
मीनलग्ने शुभे ऋक्षे धान्यस्थापनमुत्तमम्।।१६२।।

धान्य स्थापन– हस्त, श्रवण, धनिष्ठा, शतभिषक्, पुष्य, रेवती, रोहिणी, भरणी, मूल, उत्तराफाल्गुनी, उत्तराषाढ़ा, उत्तराभाद्रपदा, मघा एवं पुनर्वसु इन शुभ नक्षत्रों में बृहस्पति, सोम में एवं शुक्रवासरों में तथा अष्टम भावक्रूर ग्रहों से रहित होने पर शुभ मीन लग्न में धान्य का रखना उत्तम होता है।।१६१-१६२।।

ओं धनदाय सर्वलोकहिताय देहि मे धनं स्वाहा। ओं नवधुर्यसहे देवि! सर्वकामविवर्द्धिनी कामरूपिणि! देहि मे धनं स्वाहा।

"हे कामरूपिणी, सभी कामनाओं को बढ़ानेवाली, नवीन भार को सहने वाली देवी ! सभी लोगों का हित करने वाले एवं धन का दान करने वाले मुझको धन प्रदान करो।

लिखित्वा तु स्वयं मन्त्रं धान्यागारेषु निक्षिपेत्।
समृद्धिं च परां कुर्यात् ततो लक्ष्मीं प्रपूजयेत्।।१६३।।

उपर्युक्त आशय का मन्त्र स्वयं लिखकर धान्यागार में रख देना चाहिए। इस प्रकार उत्कृष्ट समृद्धि प्राप्त करे। तदनन्तर लक्ष्मी की पूजा करनी चाहिए।।१६३।।

इति पराशरमुनिविरचितं कृषिपाराशरं सम्पूर्णम् ।

***

परिशिष्ट

कृषि कर्म में प्रवृत्त व्यक्ति को कृषि के साथ-साथ प्रकृति के स्वभाव से भी परिचित रहना अत्यन्त आवश्यक है। कृषक शिक्षा से दूर रहते हुये भी प्रकृति के निकट रहते थे। वे वृष्टि या सूखा किन कारणों से होते हैं इनसे सर्वथा अनभिज्ञ रहते हुये भी प्रकृति के स्वभाव से वृष्टि, अतिवृष्टि एवं अनावृष्टि का लगभग सही अनुमान कर लिया करते थे। कृषि हेतु उपयुक्त काल, कृषि के उपकरण, बैलों के शुभाशुभ लक्षण, कृषक के लक्षण आदि का ज्ञान उन्हें सहज ही हो जाता है। भारतवर्ष में लगभग सभी क्षेत्रों में अपनी क्षेत्रीय भाषाओं में लोकोक्तियाँ कृषि विज्ञान को पूर्ण रूप से चित्रित करती है। उत्तर भारत में घाघ और भड्डरी, बंगाल, उड़ीसा और आसाम में खना, आन्ध्रा में तेनालीराम इत्यादि अनुभवी व्यक्तियों की उक्तियाँ आज भी प्रचलित हैं। उन सबका संग्रह तो एक स्वतन्त्र ग्रन्थ का विषय होगा। उदाहरण के लिए कुछ सूक्तियाँ यहाँ प्रस्तुत की जा रही है-

घाघ की कहावतें-

वर्षा के नक्षत्र एवं उनके परिणाम-

रोहिनी वरसे मृगतपे कुछ कुछ आद्रा जाय।
कहे घाघ सुनु घाघिनी स्वान भात नहीं खाय।।

हथिया पूँछ हिलावे घर बैठे गेहूँ आवे।
आवत आदर ना कियो, जात न दीनो हस्त।।
ये दोऊ पछतात हैं पाहुन और गिरहस्त।।

चढ़त जो वरसै चित्तरा, उतरत वरसै हस्त।
कितनौ राजा डाड़ ले हारै न गिरहस्त।।

वृष्टि लक्षण-

चमकै पश्चिम उत्तर ओर तब जानो पानी हौ जोर।
उलटे गिरगिट ऊँचे चढ़ै बरखा होय भूमि जल बूड़ै।।

उलटा वादर जो चढ़ै विधवा खड़ी न्हाय।
घाघ कहै सुन घाघिनी वह बरसे वह जाय।।

दिन का वद्दर रात निबद्दर बहै पुरवैया झब्बर झब्बर।
घाघ कहे कुछ होनी न होई, कुआँ के पानी धोबी धोई।।

खाद-

खूब जोतै औ नावे खाद तब देखो गेहूँ का स्वाद।
स्वाद देय तो होवे खेती नहीं तो रहे नदी की रेती।।

***

योग्य कृषक

१. आलस नींद किसानै नासै, चोरै नासे खाँसी।
अँखिया लीभर बेसवै नासै, तिरमिर[१] नासै पासी[२]।।

२. बिन बैलन को खेती करै, बिन भैयन को रारि।
बिन मेहरारू घर करै, चौदह साख लबार।।

३. बहू, बजार, बनिहार, बनि, बारी, बेटा, बैल।
ब्योहर, बढ़ई, बन, बबुर, बात सुनो यह छैल।।
जो बकार बारह बसैं, सो पूरन गिरहस्त।
औरन को सुख दै सदा, आप रहे अलमस्त।।

४. अषाढ़ मास जो घूमा कीन। ताकी खेती होवै हीन।

५. खेती बारी चाकरी, औ घोड़े की तङ्ग।
अपने हाँथ सँवारिये, चहै लाख हो सङ्ग।।

६. जेठ में जरे माघ में ठरे। तब जीभी पर रोड़ा परे।

७. तुलसी रामहिं यो भज्यों, ज्यो किसान की रीति।
दाम चौगुनी ऋण घनो, तौहूँ खेत सों प्रीति।।

बैल लक्षण

१. नसकट खटिया दुलकन घोर। कहैं घाघ यह विपत्ति क ओर।।
बाछा बैल पतुरिया जोय। ना घर रहै न खेती होय।।

२. ताका भैंसा गादर बैल। नारि कुलच्छनि बालक छैल।।
इनसे बाचैं चातुर लोग। राज छोड़ के सांधै जोग।।

३. सावन घोड़ी भादों गाय, माघ मास जो भैंस विआय।
कहैं घाघ यह साँची बात, आपै मरैं कि मलिकै खात।।

४. बूढ़ा बैल बिसाहे, झीना कापड़ लेय।
आपुन करै नसौनी, दैवे दूषण देय।।

५. बैल बगोदा निरघिन जोय। वह घर उरहन कबहूँ न होय।।
बैल मरखना चमकुल जोय। वा घर उरहन नित उठि होय।।

६. बरद मुसरहा जो कोई ले। राज भंग पलभर में कर दे।।
तिरिया बाल सब कुछ छुटि जाय। भीख माँग के घर घर खाय।।

७. मत कोई लीजै मसुरिहा वाहन। खसम मार के डालै पावन।।

८. बड़सिंगा जनि लीजो मोल। कुएँ में डालो रूपया खोल।।

९. ना मोहिं नाघो उलिया कुलिया, ना मोहिं नाधो दायें।
बीस बरस तक करौ बरदई, जो ना मिलिहै गायें।।

१०. सन्थर जोते पूत चरावे। लगते जेठ भुसौला छावै।।
भादों मास उठै जो गरदा। बीस बरस तक जोतो बरदा।।

११. है उत्तम खेती बाकी। होय मेवाती गोयी जाकी।।

१२. पतली पेडुरी मोटी रान। पूँछ होय भुई में तरियान।।
जाके होवै ऐसी गोई। वाको तकैं और सब कोई।।

१३. करिया काछी घारा बान। इन्हें छाँड़ि जमि बेसह्यो आन।।
कार कछौली सुनरे बान। इन्हें छाँड़ि जनि बेसह्यो आन।।

१४. जोते का पुरवी लादै का दमोय। हेंगा का काम दे जा देवहा होय।।

१५. सींग मुड़े माथ उठा, मुँह का होवे गोल।
रोम नरम चंचल करण, तेज बैल अनमोल।।

१६. मुँह का मोट माथ का महुआ। इनहीं का कुछ कहिये रहुआ।।
धरती नहीं हराई जोतै। बैठ मेड़ पर पागुर करै।।

१७. चाक भरौती माय में महुआ। इन्हें देखि जनि भूल्यौ रहुआ।।
दाम परे तो आधे तरे। नहिं रुपया पानी में परे।।

१८. जहाँ परै फुलवा की लार। झाड़ू लेके बुहारो सार।।

१९. कान कछाटा झबरे कान। इन्हें छाँड़ि जनि लीजो आन।।

२०. बिटिया बरद छोटिया हारी। दूब कहै मोर काह उखारी।।

२१. बैल लीजे कजरा। दाम दीजै अगरा।।

२२. बैल विसाहन जाओ कन्ता। भूरे का मत देखो दन्ता।।

२३. लम्बे लम्बे कान। औ ढीला है मुतान।।
छोड़ो छोड़ो किसान। न तो जात है प्रान।।

२४. सात दाँत उदन्ता को, रंग जो कालो होय।
इनको कबहूँ न लीजिये, दाम चहै जो हाँथ।।

२५. हिरन मुतान औ पतली पूँछ। बैल बेसाहो कंत वे पूँछ।।

२६. फेंट बँधीला देह गठीला। आँखों का चमकीला।।
भाषै नानक चन्द मरद है। बर्द कन्ध का नीला।।

२७. वरद विसाहन जाओ कन्ता। कुबरा का मत देखो दन्ता।।

२८. घोची देखै वहि पार। थैली खोलै यहि पार।।

२९. छद्दर कहैं मैं आऊँ-जाऊँ। सतदर कहैं गुसैयें खाऊँ।।
नौदर कहैं मैं नौ दिशि धाऊँ। हित कुटुम्ब उपरोहित खाऊँ।।

३०. स्वेत रंग औ पीठ बरारी। ताहि देखि जनि भूल्यो लारी।।

३१. सौंख कहे देख मोर कला। बे मेहरी का करुँ घरा।।

३२. छोट सींग औ छोटी पूँछ। ऐसे को ले लो बे पूँछ।।

३३. उदन्त वरदे उदन्त ब्याये। आप जाँय या खसमै खाये।।

३४. दाँत गिरे अरु खुर घिसे, पीठ बोझ नहिं लेय।
ऐसे बूढ़े बैल को, कौन बाँध भुस देय।।

३५. भैंस कन्देलिया पिय लागे। माँगे दूध कहाँ से आये।।

३६. बाँसड़ और मुँह घौरा। उन्हें देखि चरवाहा रौरा।।

३७. नीला कन्धा बैगन खुरा। कबहुँ न निकले कन्या बुरा।।

३८. छोटा मुँह ऐंठा कान। यही बैल की है पहचान।।

३९. मियनी बैल बड़ो बलवान। तिनक में करिहैं ठाढ़ै कान।।

४०. सींग गिरैला बरद के, औ मनई का कोढ़।
यह नीके ना होंयगे चाहे बदलो होड़।।

४१. बैल तरकना टूटी नाँव। ये काहू दिन दैहैं दाँव।।

४२. बैल चमकना जोत में, औ चमकीली नार।
ये बैरी है जान के, लाज रखैं करतार।।

४३. पूँछ छिया छोटे कान। ऐसे बरद मिहनती जान।।

४४. उजर बरौनी मुँह का महुवा। वाकोदेख हरवाहा रोवा।।

४५. जब देखो पिय सम्पत्ति थोड़ी। बिसहो गाय बियाउर घोड़ी।।

४६. वह किसान है पातर। जो बरदा राखै गादर।।

४७. बरद बगौदा मरकहा होय। वह घर उरहन नित-नित होय।।

४८. बरद बिसाहन जाओ कन्ता। खैरा का जनि देखौ दन्ता।।
जहाँ परै खीरे की खुरी। तो कर डारै चपरा पुरी।।
जहाँ परै खैरे की लार। बढ़नी लेके बुहारो सार।।
जहाँ देखो पटवा की डोर। तहवाँ दीजो थैली छोर।।

४९. अगहन में ना दी थी कोर। तेरे बैल क्या ले गये चोर।।

५०. मर्द निकौनी वर दै दाँय। दुबरी चलने में दुःख पाय।।

५१. खेत वे पानी बुड्ढा बैल। सो गृहस्थ साँझै गहे बैल।।

५२. हर बार बैल लीजै कजरा। दाम दीजै अजरा।।

५३. पर हर काला खीरो नीला, कनवरिया हो लाल।
धोलो कोखी ना-गोरी के, नानक कौन मिसाल।।

१. चैत हुई फसल तैयार। काट दाँय कर लावो यार।।

२. गेहू जब जब पँछुआ पावै तब जल्दी से दाँया जावै।।

३. पंछिया हवा ओवावै जोई। घाघ कहै घुन कबहूँ न होई।।

४. दो दिन पँछुआ छः पुरवाई। गेहूँ जब को लेव दँवाई।।
ताके बाद ओसावै सोई। भूसा दाना अलगै होई।।

५. चना अधपका जव पका काटै। गेहूँ बाची लटका काटै।।

६. इतवार को धन्वन्तरि होय। सोम करै सेवा फल होय।।

७. बुध बिहफै शुक्रै भरे बखार। शनि, मंगल बीज न आवै द्वार।।

८. कामिनी गरभ और खेती पकी। ये दोनों हैं दुर्बल बदी।।

१. धान गिरै सुभागे का। गेहूँ गिरै अभागे का।।

२. असौज बदी अमावस्या, जो आवै शनिवार।
समय होवै किरवरो, जोशी करो विचार।।

३. ना अति बरखा ना अति धूप। ना अति बकता ना अति चूप।।

४. सावन पँछिया भादों पुरवा, आसिन बहै इसान।
कातिक केता सींक न डोलै, गाजैं सबै किसान।।

५. सात स्वती धान उपाठ।

६. लगी बसन्त ऊँख पकन्ता।।

७. शशि ऊगत और मंगल, पूस अमावस होय।
दुगुना तिगुना चौगुना, नाज महँगों होय।।

८. श्रावण की एकादशी, गरभै उठै जो भान।
संवत सुख लों बीते, उपजै सातो धान।।

९. मंगलवाली होय दिवारी। हँसै किसान रोवै व्यौपारी।।

१०. जो कहूँ बरसै उत्तरा, तौ माँड़ न खैहैं कुत्तरा।।

११. मृगशिरा वायु न बादुला, राहिन तपै न जेठ।
अद्रा जो बरसै नहीं तो सहै कौन अलसेठ।।

१२. भादौं मासै ऊजरी, लखौ मूल रविवार।
तो यों भाखैं भड्डुरी, सुखा भली निराधार।।

१३. मूल गल्यो रोहिनि गली, अद्रा वाजी खाय।
हाली बेंचो बच्छिया, खेती लाभ नसाय।।

१४. चैना जी का लेना, सौ सौ पानी देना।
बीस बीस के बच्छा थके, हारे बलम नगीना।।

१५. सर्व तपै जो रोहिणी, सर्व तपै जो मूल।
मघा तपै जो जेठ की, उपजै सातो पूल।।

१६. चैना है मोर जी का लेना, सोलह पानी देना।
अस्सी का बैल मरत है, बाम मरे नगीना।।

१७. अषाढ़ कहै किसान सुनो यक बात हमारी।
कर हल बैल तैयार, माह दे, माह दे सारी क्यारी।।
वारी सावक ज्वार बोय तू मुझमें दीजै।
और साली के पौधा, पछये चारो न कीजै।।
जिसका धौरी हार इसी समय पर जावै।
हारै वह किसान साल भर रास न आवै।।

१८. भादौं करसान तन्त खेती में पाया।
बारह में सरदार खुदहर ने बनाया।।
जो क्यारी तैर पड़ी रहती मुझ माहीं।
फलै ऐसी दूब दाना एक होता नाहीं।।
वही पूत सपूत जो मुझे खूब कमावे।
मैं ना बरसूँ खराब दोनों फस्लें हो जावें।।

१९. असौज कहै करसान करै जो मुझमें निराई।
नल तो हैं पैदावार सवाया देख हो जाई।।
जो बरसै मेघ पानी मत उतारन दीजै।
जोत के खेत में तुरत अनाज सवाया लीजै।।
साढी के बाहन में बाह तू बहुतै दीजै।
सरदी का जब बैठ शुरु बोना कर दीजै।।

२०. कातिक कहै किसान बात मेरी सुन लीजै।
पखवारे पहिले में रवी बो सारी दीजै।।
मक्की छोड़ा धान उन्हें सँगवाँ तूँ दीजै।
चना दुफस्ला खेत बोय तूँ उनमें दीजै।।
तेरे बाजू चश्म बैल हैं भाई।
उनके हारे तुझे ठिकाना नाहीं।।

२१. अगहन कहै किसान हो जा मरदाना।
तेरी पकि, आई खरीफ, उसे कटवाना।।
खाने भर को राख तूँ घर में लीजै।
रहिते को दे बेच तयार जब बाकी कीजै।।
कर गेहूँ में पानी देने की तैयारी।
यह मिहनत का तेरे वक्त है भारी।।

२२. पूज कहै किसान बात मैं तुझे बताऊँ।
बरसै जो जगदीश नाज के बीज उगाऊँ।।
लाखों मन पड़ता है नाज बाज नहरों से छुटायें।
बैल बचैं किसान मर्द काम छुड़ायें।।
हो करके पहराम ईंख सब अपना पेरैं।
एक एक पेड़ी बीच पेड़ कितने फैलाये।।

२३. माघ कहै किसान सुनिये अलबेला।
बरस दिन की कमाई ईख यह मैंने पेला।।
दूजे पानी हेतु कुवां सम्हारो।
कोल्हू को दो छोड़ खेत तुम भर के मारो।।
जो बरसे भगवान् मौज फिर तेरी आवै।
मन मन बीघे खाम नाज तुम्हारे बढ़ जावै।।

२४. फागुन कहूँ किसान बावला मत हूजै।
ताल राग मस्त होके खेत की बाट न सूझै।।
पूस मास घास बढ़ा नाज बढ़न समय आये।
दे दे पानी उसमें नाज सवाया हो जाये।।
रख ठँडवाल खेत की खेती उजड़न मति दीजै।
जो चाहे भगवान् नाज मन चाहा लीजै।।

२५. चैत कहै करसान चना हो मुझमें दूना।
सर उसका मत टूटन दीजै रखिये मत सूना।।
ईस पाड़ा बोले जो तू चाहे होले निहाल।
भरगुड्डी खाद डाल दे फैलाकर दे खोद ताल।।
बार बार पानी उसमें बाँध बहुत ऐसी सुथरी ढाल।
मीठी लकड़ी सब कोई खावै बैठा दे रखवाल।।

२६. वैसाख करसान बावाला खेत खेत पर फेरा मार।
देख देख कर खेती सगवा खेती जो जो होगी तैय्यार।।
जौ और चना काट ले पहिले, नहि झड़ जावे सारा खार।
गेहूँ कटने की तैय्यारी कर कोंडरा यक जा कोठरा मार।।
गेहूँ कटने में जल्दी कर जगह जगह से इकट्ठा कर।
ओलों की दहशत रहती है झड़ न जाते सब पक कर।।

२७. माघ उजाली तीज को बादर बिजुरी देख।
गेहूँ को संयम करो, महँगो होवे पेख।।

२८. सोम शुक्र सनीचरी, पूस अमावस होय।
घर घर हो बघावरी, बुरा न मानै कोय।।

२९. रात में बोलै कागला, दिन में बोलै स्याल।
तो यों भाखै भड्डरी, निश्चय पड़े अकाल।।

❋❋❋